給中學生的

經典新談 1：

涵養之德

朱崇學 編著

中華教育

序

兒時勤守歲，
靜看白芽開；
劍葉今猶綠，
能將歲月栽。
——栽種水仙四十年有感

種植水仙四十年，也教了四十年書。心情儘管如同昨日，歲月已匆匆逝去。

每逢過年，少不了舊生聚會，昔日的野孩子，不少已經頭頂漸禿，兒女忽成行了。孩子當初都靦靦腆腆地跟在父母身後。當中有讀大學、中學的大孩子，有讀小學甚至更小的小孩子。大家最熱衷的話題總是「背書」。父母們大都能將當年背過的《大同與小康》《出師表》《長恨歌》《醉翁亭記》倒背如流，有幾個居然記得《中山狼傳》。「黃國石老師最兇，兩千多字的《中山狼傳》也要背，說背了才是你的。」一人口沫橫飛說着：「……我們今天很感激他哩！」難得他們仍以背書為樂，還教自己的孩子背書。看着那一個個天真活潑的孩子，在大人面前唸誦唐詩，不疾不徐，七情上面，可愛極了。有幾個孩子還懂得背《論語》《孟子》。父母說記得我講過口誦心惟、潛移默化的道理。背誦經典彷彿成了數代之間一條情感上的紐帶，也成為打破彼此隔膜的共同語言。我不禁為這一份傳承而感動。

說到背書，不能不提大學時代的杜維運教授。業師杜教授謙謙君子，沉厚樸實，是聖人孔子的同鄉，據說喝紹興酒卻是罕逢敵手。他有一招袖底藏箋，至今同學間依然紛紛議論。杜老師上課，兩手空空，西裝一襲而來。講課時卻最愛引用古典，經常筆走龍蛇，把引文抄滿黑板，鮮有錯漏。同學當初有點懷疑，都說杜老師西裝袖內藏着細箋。故一旦杜老師寫引文稍為遲緩，同學就探長身子、瞇眼察看老師是否在偷窺袖底。但每次只見到老師舉袂掩嘴，清清喉嚨後，又繼續默抄引文。

老師背書，我們也要背書。記得單周堯教授當年教文字音韻，桃李盈門，擁躉眾多。講師中數他最為年輕，卻也「古道熱腸」，竟然要我們背起《廣韻》韻目。那時我在荃灣聖芳濟夜校教書，晚上十點坐小輪船回香港宿舍，幾十分鐘的航程竟然把「東冬鍾江……」魔咒一樣的字串唸熟了。第二天早上單教授親自操刀考查，我們逐個戰戰兢兢地上前背書。我連珠炮發般不消幾秒就唸完了平聲韻目。有胡鬧的女同學馬上抗議，説我咬字不清，蒙混過關，不能算數。「單生」抬頭望着我，笑説：「還聽得清楚……算的，算的。」我伸一伸舌頭，從此覺得「單生」的笑容很可愛。

又有一次，聽了一場演講，講者悽然動容，聲淚俱下，説背誦害苦了孩子，要還他們一個快樂的童年。卻不知道，哪一個民族不讓孩子背誦經典。這些都是文學的底蘊、做人的底蘊，也是文化的底蘊。不久之後，學校課程中真的再沒有範文和經典了，那當然十分可惜。其實，失去的又何止那幾十篇範文呢？

最初接觸經典，是幫潘重規教授把藏書搬運到美孚新居。幾個黃毛小子看見這許多國學典籍，都瞠目結舌，大大開了眼界。中學恩師葉玉樹先生是潘教授弟子，吩咐我們幾個同學運送時要千萬小心。我們小心翼翼，如履薄冰，把一箱箱書籍搬上樓，再逐一排上書架。這時，大家都不懂得怎樣排列，轉頭望着我。也不知道哪來的自信，我想了一會，就指示他們按經史子集和朝代次序排列。潘教授發現了，笑説逐箱書排上書架就可以了，又説放在客廳正中的大木櫳不要打開。我紅着臉，十分難為情。潘教授拍拍我肩膀，然後走開了。當晚還在東江樓請我們吃飯，大家由東江的來歷，聊到四書五經。他説「經者常也」，經籍講的是經常不易的道理。至於老莊荀韓等經典，與孔孟等聖人大抵同期，可以互相發揮，叫我們都要認真讀，還給我們送了一些他的著作。我回去後是有用心細讀的。後來知道潘教授是敦煌學和文字學專家，安徽婺源人，跟朱熹是同鄉，也是國學大師黃侃的弟子和乘龍快婿。當初黃侃命潘教授圈讀十三經注疏，繼而授以《説文》《爾雅義疏》。潘教授珍惜機緣，朝夕繕寫老師講義，用功甚勤，因此受到賞識。大木櫳中藏着的就是他外家的善本書。如此珍貴的典籍，無緣得見，雖引以為憾，但那個大木櫳的影子，卻長埋心底。

緣分的確是十分奇妙的東西。中學時我在圖書館當管理員，偶然讀到陳耀南教授的《典籍英華》，感到極大震撼。書中將經子哲教的內容解釋得如許清楚，那典雅流麗的文字是如許吸引。所以我沒有理由報考中大，一心一意要進入港大，要拜會這位學者。陳教授説話時中氣十足，金聲玉振，即使閒話家常，也能引經據典，舌粲蓮花。尤其對於人情事理的剖析，談古論今，層層深入，發人之所未發，令人拍案叫絕。一次我寫作文成績不理想，跟他説我在修辭花了很大功夫。他聽了，脱下厚厚的眼鏡，用絨布抹着，説:「這篇文章我也看過，駢偶的文字不容易寫，導師不欣賞，實在可惜……」跟他接觸，我懂得學習經典，既要温故，也要知新；既要善入，也須善出。

每逢過年，港大中文學會的幹事，都會挨門逐戶，向教授講師拜年。記得那天上到羅公的家。羅慷烈教授温文爾雅，平時不苟言笑，上課談詩説詞，卻揮灑自如，絲絲入扣，引人入勝。羅公家中陳設簡約，窗明几淨，客廳正中竟然有一個天井，單放着一盆蒼翠欲滴的竹子，成為眾人目光交投所在。「這盆金絲竹，是朋友從杭州西湖捎來的，十分難得。」那時足不出香港，西湖的印象只在書籍中涉獵過，既是熟悉，也很陌生。羅公又説：「《詩經》中有『瞻彼淇奧，綠竹猗猗』詩句，讚美的是君子的才德。」這時我們才明白朋友送竹的用意。離開時仍然有點不捨，回頭望着正襟危坐的羅公，他靜靜地欣賞竹子。竹子在陽光掩映下，青絲銀線，玉葉金枝，散發出旺盛的生命力。這時，腦海中不禁升起了「綠竹猗猗」的琅琅讀書聲，也泛起了煙雨西湖的明媚影象。

朱崇學

己亥農曆新年

附記：這本書原題《孩子愛讀經》，是一本寫給小孩子看的書。朋友說，經典講的道理歷久彌新，大小孩子以至青年人也要讀，於是將書名改了。

目錄

卷首語

涵養之德：
德不孤，必有鄰！

涵養涉及一個人的稟賦和修養。

古代聖賢認為，每個人生下來都具備了良好的稟賦。就像農夫種植麰麥，播下一把種子，覆上泥土。同樣的土地，同樣的種植時間，種子慢慢發芽，茁壯生長，到了夏至時，應該全都成熟了。為甚麼最終下來，每株麥子收穫有所不同？那是由於土地有肥瘠，雨水有不均，人工有不齊，受到環境因素影響。不要拿着一根枯敗的麥子，就說種子都是壞的。

正如農村裏，成長於豐年的孩子，每多懶惰，不幹活；成長於荒年的孩子，多半橫暴，不安分（《孟子·告子上》：「富歲子弟多賴，凶歲子弟多暴」）。這並非由於天生的稟賦不同，而是環境和外力導致的。

既然我們都有良好的稟賦，那我們該做甚麼？不該做甚麼？

那自然是把良好的稟賦德性發掘出來，好好培養，沉浸為一己的修養、品德。這正是涵養的含義。朱熹說：「就平易明白切實處玩索涵養，使心地虛明，久之須自見得。」(《答徐子融》)

所以，不要說人都是壞的，認為「耍壞」是求取生存的唯一法門。甚至有人認為，世上就我一個人去做好事，這不太愚蠢了吧，沒這個必要。

只要你存着沮壞的心理去看世界，去求同，則這個世界、所有的人都是萬惡的，每個人都是自私和孤獨的。正如盛怒的人聽不進鳥鳴，嗅不到花香，他的目光老在尋找憤恨的對象。

故此，我們要心平氣和、心地虛明，就着一言一行的具體表現，探索和了解內在的心靈世界，時間一長，你會發現自己稟賦的美好一面，也會看到別人的美好一面。

人的品德修養不是一條平坦的直路，而是拾級而上的山路和梯級。路途是陡峭和難行的。但路上並非只有你孤零零一個人，而是彼此相鄰，同步而行。

當你領悟一個道理，在品德修養方面有了進境，你在梯道上就提升一級。這時，你所見的再不是千口一面的世界。你的視野變得廣闊，你會看到許多先前看不見的風景。你也發現路上多了方向相同的朋友，在你需要幫助時，隨時扶你一把。

當你再有所領悟，你又提升一級，超越更多的人，看到更遼闊的風光。這時，你會發覺同行者未必很多，但大家心連着心，手拉着手，儘量呼朋引伴，連結着前後相承的夥伴、朋友。你再也不感到寂寞和孤獨。

由此可見，人生是一個涵養的過程，也是一個悟道的過程。

這個過程絕不寂寞、單調，而是豐富、多彩。

因為：德不孤，必有鄰！

第一章

立志・安仁

有志竟成

克己復禮

仁者愛人

任重道遠

下學上達

同學們，自從呱呱墜地以來，你最期待的是甚麼？你該會希望自己很快就長大成人，成為一位王子或公主，做自己想做的事。

但當你真的成為一個大孩子，或者青少年了，你的想法會變得成熟。你開始會問自己一個問題，就是：「我是甚麼？」你會從親人、師長、朋友，以至身邊每一個人的口中、心上、目光裏，去找尋答案。你會期望得到別人的認同，從而肯定自己的價值。

這個問題再追尋下去，就是「人是甚麼」的問題。這些問題，不明白的人會覺得很無聊，其實殊不簡單。那代表你正在探尋人生的意義，找尋正確的人生方向。一旦你邁開了步伐，總能抓緊一個畢生努力的目標。到了這個時候，你會懂得怎樣跟身邊的人相處，知道自己應該做些甚麼事。通過反省，你會對自己的品格有更多的要求。這是一個對生命的探索過程，也是對生命的自覺過程。

原來古代聖賢對於「人是甚麼」的問題，也經過一個反思和自覺的過程。

孔子以前，有所謂學在王官。那時學問和知識牢牢掌握在官府與貴族手上，平民百姓沒有學習和上進的機會。孔子卻打破了當時「禮不下庶人」的限制，掙脫了貴族社會的階級藩籬，提倡平民教育。孔子認為「仁」是人之所以為人的本質，任何一個人都可以展開「下學上達」的求學旅程，成為一個仁者。「仁者人也」「仁者愛人」這些經典中的話語，恰恰反映出孔子對普遍人性尊嚴有了更深刻的認識，並且突出了仁者對其他人有着強烈的責任感。

仁者一旦立志肩負起成己成人這個責任，當能完善一己的言行，時刻關心別人，而且一直堅持到底。同時他會奮起無限向上的心，以追求一種高尚的人格；並通過對「仁」的踐行，將道德和生命緊緊結合為一。更重要的是，在孔子眼中，任何一個人，只要通過努力，都可以成為仁者，都可以成就偉大的人格。

同學們，你也會為自己訂立奮鬥的目標嗎？

1.1 有志竟成

1.1.1 功崇惟志，業廣惟勤。

《尚書．周官》

1.1.2 困，君子以致命遂志。

《周易．困卦》

1.1.3 三軍可奪帥也，匹夫不可奪志也。

《論語．子罕》

功高皆因立定志向，業大在於勤苦堅持。

三千年前，周公奉王命東征，滅了淮夷，回到王都，與群臣總結周王朝崛起的經驗，説出了這句話。但凡成就大業，必須立定志向目標，激勵志氣，勤奮邁進，方可達到。

君子處於困境中，寧可捨棄生命，也要堅守志向。

《周易》被稱為五經之首，本是一部解説占筮的書籍，當中包含着許多哲理思想，成為儒道兩家思想的一個源頭。人生中每每遇到不同的困境，有些人因為怕難而放棄理想，裹足不前，變得意志消沉。《周易》指出，君子當以處境艱難而更加堅定志向，實現理想。

可以剝奪三軍主帥的權力，休想剝奪一個普通人的意志。

將帥是三軍的主腦，意志是一個人的主腦。人若堅守意志，任何人都不能摧毀他的志氣。帥印可奪，因為操縱在人；意志不可奪，因為主宰在我。這句話正好刻劃出一個人具有獨立的意志，具有獨立的人格。如果個人的意志也被奪去，他又怎麼能立於天地之間呢？

1.1.4

王子墊問曰：「士何事？」孟子曰：「尚志。」曰：「何謂尚志？」曰：「仁義而已矣。殺一無罪非仁也，非其有而取之非義也。居惡在？仁是也；路惡在？義是也。居仁由義，大人之事備矣。」

《孟子．盡心上》

1.1.5

孟子曰：「說大人，則藐之，勿視其巍巍然。堂高數仞，榱題數尺，我得志弗為也；食前方丈，侍妾數百人，我得志弗為也；般樂飲酒，驅騁田獵，後車千乘，我得志弗為也。在彼者，皆我所不為也；在我者，皆古之制也；吾何畏彼哉！」

《孟子．盡心下》

王子墊問：「士是幹甚麼事的？」孟子說：「他讓自己志行高尚。」王子墊問：「怎樣才算志行高尚？」孟子說：「做好仁和義罷了。殺一個無罪的人，是不仁；不是自己的東西，卻去佔有，是不義。安居的地方在哪裏？仁便是；要走的道路在哪裏？義便是。居於仁德當中，行於正義的路上，大人的工作就齊備了。」

士何以有高尚的志行，有獨立的人格？因為士做每一件事，不是王侯說了就做，而是要做到居仁由義。把心靈安頓在仁德裏，融合為一體，這是居仁。做每一件事都用這顆心去作出判斷，合於義的就做，殺無罪的人和取不義之財等，當然不做，這是由義。

孟子說：「游說有權有勢的人，要存着輕視他的心理，不要把他那高高在上的樣子放在眼裏。堂階幾丈高，屋簷幾尺寬，我要是得志了，就不這麼做。桌上擺滿美味佳餚，侍妾有幾百人，我要是得志了，就不這麼做。飲酒作樂，馳騁打獵，跟隨的車子上千輛，我要是得志了，就不這麼做。他的所作所為，都是我不屑做的；我所做的，都是符合於古制的；我為甚麼怕他呢！」

一般人立志，莫不追求榮華富貴、生活享受等，孟子卻一連幾個「弗為」，堅決地否定了這些物質上的追求。他所認同的是古代聖賢訂下的方向，也就是大人之道、君子之道。

談一談

十多年前，曾經為一位中三學生梁同學寫推薦信。那天他大汗涔涔，捧來厚厚的個人履歷冊。上面仔細紀錄着他多年以來學業、活動、服務和獎項等資料，鉅細無遺，如數家珍，讓人看傻了眼。原來他由小學開始，已為自己訂立學習計劃，逐步拓展興趣，邁向個人目標。我問那是家人幫助訂定的生涯規劃嗎？他說不是，家人為口奔馳，只好自己督促着自己了。我凝視着他，不禁被他滿滿的鬥志感動着。那一年，梁同學成為全港十大傑出學生。

二千五百年前，孔子也為自己做過生涯規劃：十五歲開始就立志學習，此後每十年還有一個階段性目標哩。他老人家學問深不可測，原來跟早訂志向有關。今天，十五歲正當青少年成長的關鍵時期。同學們踏上高中，將會面對很多轉變，故必須放眼未來，及早做好規劃。

為甚麼早訂志向這麼重要？正如孔子、梁同學那樣，面前已經排開了奮鬥的目標，大可一鼓作氣，傾盡全力去打拼。於是，一個人的努力由立志而展開，成功的可能自當跟隨努力而來，故立志是迸發能量，爭取成就的第一步。漢光武帝劉秀讚揚名將耿弇建立赫赫戰功，是「有志者，事竟成」。如果耿弇當初沒有立志和堅持，會成為東漢的開國功臣嗎？由此可見，立志產生了動力，也展開了境界。

反過來說，人不立志，又會是怎樣的光景呢？明代大儒王守仁直接回答：「志不立，天下無可成之事。」虞集《尚志齋說》借學習射箭設了個比喻。他說：「正鵠之不立，則無專一之趨向，則雖有善器、強力，茫茫然將安所施哉？」射箭的人，當然要一矢中的。假如目標沒有確立，就談不上用力的方向。即使你有良弓和臂力，可是茫茫然要往哪裏着力呢？做人也是一樣，沒有目標，終日遊手好閒，得過且過，生命只會在漫無目標的漂流中虛耗掉。

志，除了解作志向，也有「志氣」「意志」等含義。「志氣」，就是一個人做事的決心和勇氣。它讓我們積極上進，朝氣蓬勃。可是有人說：今天很多年輕人都沒有志氣，沒有抱負，沒有方向感，終日無所事事，目光都是迷惘的。那是甚麼原因呢？原來在這個充斥着引誘的社會裏，倘若失去目標和方向，人就如海洋中沒有方向舵的船隻，受盡八方風雨的擺弄，隨處漂蕩，失去歸宿，最後連做人的志氣也沒有了。

而且志向這回事，定得高不一定能撐到底，但為了堅持個人理想，總還有一份挺下去的「意志」。故這個意志，就成了實現預定目標的內在驅動力。比如你打算跑半馬（半程馬拉松），必先自覺地確立目標，才能堅定意志，迎難而上，完成任務。到了正式比賽那天，即使你未能跑畢二十公里，但仍勉力堅持，這一份意志和毅力，已經十分難得。反之，一個人毫無抱負，隨波逐流，意志不堅，那後果真是不堪設想。楊繼盛《書付尾箕兩兒》告誡兒子：「人須要立志。初時立志為君子，後來多有變為小人的。若初時不先立下一個定志，則中無定向，便無所不為，便為天下之小人，眾人皆賤惡你。」失去了意志，不僅失去了目標和方向，最後也會失去做人的原則。

我國古代還有一個「尚志」的傳統。這個志，是一個做人的原則、做人的信念。它讓你懂得甚麼該做，甚麼不該做，所以君子要守志。按着這個說法，我們今天該訂下怎樣的志向抱負：求富貴？求地位？抑或求取道義？孟子對此曾作出充分的闡析。齊國的王子問孟子「士」是幹甚麼的，孟子毫不猶疑地回答：「士尚志」(1.1.4)。志之所以高尚，在於它的定位。士雖處於統治階層的權力夾縫當中，但他並非統治者的僕役或應聲蟲，絕不會為了功名富貴而俯首帖耳，胡作非為。孟子能夠傲視公卿，向權貴說「不」(1.1.5)，皆因他始終堅持志道據德、居仁由義的個人選擇，不會隨便改變志節。這種持志不懈的態度，展現出個人的自由意志與獨立人格，讓人看見一根「志」的脊樑。這是士所以高貴的緣故。至於荀子，同樣說出一句擲地有聲的話：「志意修則驕富貴，道義重則輕王公。」（《荀子·修身》）一個人志向定得高就能傲視富貴，道義看得重就能藐視王侯。志向堅定，義利的抉擇權操在自己手上；意志不堅，你就只能被名利權勢所擺佈了。

故此，我們必須立定志向，持志集義，增強對利欲的免疫力，否則這顆心就很難抵得住引誘，終至失去道德的底線。

想一想

你的志向是甚麼？這個目標是否符合古人「尚志」的傳統？你為達成志向做了甚麼準備？

1.2

克己復禮

1.2.1 林放問禮之本。子曰：「大哉問！禮，與其奢也，寧儉；喪，與其易也，寧戚。」

《論語・八佾》

1.2.2 子曰：「禮云禮云，玉帛云乎哉？樂云樂云，鐘鼓云乎哉？」

《論語・陽貨》

1.2.3 子曰：「人而不仁，如禮何？人而不仁，如樂何？」

《論語・八佾》

林放問禮的本質。孔子說：「問得太好了！禮儀，與其排場奢侈，不如儉樸；喪事，與其辦得周到完備，不如悲戚。」

行禮時，孔子反對一切繁文縟節的束縛。他認為禮的根本，在於內心的誠敬；倘若過於鋪張因循，反而淹沒了真實感情，那當然不好。正如舉辦喪禮是為了悼念死者，即使辦得和順完備，白白忙碌一場，卻沒有好好哀悼死者，這個禮又有甚麼意義呢？

孔子說：「我們說禮啊禮啊，難道只是在說玉帛這些禮器禮物嗎？我們說樂啊樂啊，難道只是在說鐘鼓這些樂器嗎？」

禮樂的表現不在於物質和儀式，禮的真實精神在於內心感情，並且具體呈現在行為上，簡單直接，真情流露，絕不扮高深，也不務奢華。就像人家幫你，説聲謝謝，這是有禮；上課時，在抽屜偷偷滑手機，這是失禮。

孔子說：「一個人要是沒有仁愛感情，如何能講禮呢？一個人要是沒有仁愛感情，如何能講樂呢？」

禮儀只是一種外在的形式，重點應該是內心的真情實感。沒有情感作為支撐的禮儀，只是空洞洞的形式罷了。人而不仁，那只會是冷冰冰的軀殼或行屍走肉而已，禮儀還有甚麼用？

克己復禮

1.2.4

顏淵問「仁」。子曰：「克己復禮為仁。一日克己復禮，天下歸仁焉。為仁由己，而由人乎哉？」顏淵曰：「請問其目？」子曰：「非禮勿視，非禮勿聽，非禮勿言，非禮勿動。」顏淵曰：「回雖不敏，請事斯語矣！」

《論語．顏淵》

1.2.5

子夏問曰：「『巧笑倩兮，美目盼兮，素以為絢兮。』何謂也？」子曰：「繪事後素。」曰：「禮後乎？」子曰：「起予者商也！始可與言詩已矣。」

《論語．八佾》

顏淵問甚麼是仁。孔子說：「約束自己，使言語行動都合於禮，這就是仁。一旦做到了，天下的人都把仁德的美名歸於你。修養仁德全靠自己，難道會靠別人嗎？」顏淵說：「請問具體細節。」孔子說：「不符合禮的不看，不聽，不說，不做。」顏淵說：「我雖然不聰明，但一定依據這些話去做。」

克己就是藉禮來克制自己的欲望，使不受外物誘惑，回復到禮的本來精神。能夠這樣，人的仁德就能顯現出來。顏淵是孔子最優秀的學生，在這段對話中，他問得好，答得妙。「請問其目」的追問，讓老師說出「克己復禮」這個綱領下的具體細節，把學習重點聚焦起來。「請事斯語」的回應，說明他對老師的教導心領神會，並通過行動加以落實。

子夏問孔子：「『笑臉真美好啊，美目真漂亮啊，天生麗質又打扮得光彩照人。』《詩經》這些詩句是甚麼意思？」孔子說：「先有潔白的底子，然後才能畫上文采。」子夏問：「那麼禮在後了？」孔子說：「你啟發了我，可以開始與你談《詩經》了！」

一顰一笑源自內心，那是底子；顏料也好，禮儀也好，那是後來的加工。

談一談

上課時，我們對師長有「起立—敬禮—坐下」的禮儀。同學們每每有不同的表現。

甲：（恭敬地起立）老師早！

乙：（行禮如儀）老—師—早—。（心中喊着老師花名）

丙：對老師心存敬意，卻坐着趕功課，口中含糊其辭。

你對他們的行為各有甚麼評價？甲是否已經達到守禮的要求了？乙欠缺了些甚麼？丙的無禮是否情有可原？由此引申出來，我們不禁反思：禮只是一些虛應故事的儀式而已，抑或需要和情感相配合？

我國古稱「禮義之邦」，是禮文化的發源地。所講的禮，不僅僅是守禮，還要知禮；就是要懂得禮樂背後所代表的意義和傳達的感情。

禮，源自三千年前周公制訂的禮樂制度。這套制度的目的，是鞏固階級秩序。當時社會上不同階層、不同身份的人，都各有其禮，藉此區分上下，做到「禮達而分定」（《禮記．禮運》）。大家都按着自己的地位和身份，做適合自己身份的事，做好自己的分內事。社會因此變得和諧，人與人之間也減少了衝突。

到了孔子時，周王朝的統治走下坡，出現了禮壞樂崩的現象。周禮到了這個君不君、臣不臣的春秋時代裏，退化成徒具形式的虛文。大家都不守禮，甚或僭禮、越禮（超過身份地位的規定）。既然大家都不守本分，破壞了階級秩序，禮亦逐漸失去穩定社會的功能。面對這個禮樂不振的處境，孔子對禮作出了反思和改革。

首先，孔子強調禮有約束行為的作用，即所謂「約之以禮」（《論語·雍也》）。人每天都面對着不同的誘惑，眼所見，耳所聽，種種利欲讓你難以自持。這時，你要用禮來組織一條律己的防線，調節自己的言行，做到「非禮勿視，非禮勿聽，非禮勿言，非禮勿動」(1.2.4)，務求不偏不倚，恰到好處，表現出一種優雅的教養風度。自此，禮成為社會上普遍的人所共同遵守的行為準則，同時也是一種生活準則。

另一方面，孔子發覺「禮」並非一些冷冰冰的儀式和條文而已。禮儀背後其實寄託着一份人與人之間的深厚感情——「仁」。當你做到「約之以禮」，才能真切地融入禮樂的氛圍，將內心的仁顯現出來。就在這一刻，人性中的種種美與善（仁），都開始綻放出來，並得到雨露的滋養（禮）。故此，孔子主張「禮」跟「仁」要互相配合，禮甚至不能離開仁而獨立存在。例如畢業同學辦謝師宴（據說小學畢業生也辦起謝師宴了），卻是徒具形式，自顧自吃喝玩樂，沒有好好感謝老師。那麼，這個給老師的「厚禮」，又有甚麼意思？反過來說，仁愛的感情也需要用禮樂來加以呈現，所以內與外（情感和行為）要互相協調，這就是仁、禮相和。孔子說：「君子義以為質，禮以行之。」（《論語．衞靈公》）仁義是本質和內容，禮儀是體現的方式，仁和禮兩者都同樣重要。

總之，質樸的感情，缺乏禮去相和，沒有跟禮儀、禮貌相配合，那是「恭而無禮則勞」（《論語．泰伯》），始終徒勞無功，因為缺乏了一派淵淵穆穆的人文氛圍。反過來說，徒具禮的形式，沒有仁的配合，喪失了脈脈的溫情，只會落得「人而不仁，如禮何」的感歎。

教學生涯中，不時遇到一些行為粗野的學生。也許由於家庭背景或者性格因素的關係吧，他們說話直率，不懂得禮貌，未懂得尊重別人。所以，同學排擠他們，老師也批評他們。但只要跟他們相處久了，公平地對待他們，更耐心地期待他們，慢慢就看見他們同樣有一顆美麗的心靈。這個時候，再讓他們約束自己的言行，學習守禮，學習與人相處之道，他們就起了很大改變，如同脫胎換骨。另一方面，也遇上不少品學兼優的學生。他們成績很好，遵守秩序，絕少犯錯。由於他們是在眾人的掌聲中成長，所以有點傲氣。日子一長，你會慢慢觀察到他們行為上也有些小錯誤，甚至漸漸出現了偏差，例如對人少了尊重，並不是對所有人都有禮貌。當你適時給予提點，他們一般都有較大反應，也難於接受批評。這時，我會對他們更加嚴格，讓他們明白禮貌和規矩不僅僅是外部的要求，還有內心對所有人的尊重。

這些「克」與「復」的過程，說來簡單，其實是驚濤駭浪，十分艱鉅。

想一想

今天社會有甚麼禮的準則？試舉述一些例子。在待人處事時，你有過「非禮勿視，非禮勿聽，非禮勿言，非禮勿動」的經歷嗎？你從中獲得甚麼體會？

1.3 仁者愛人

1.3.1 樊遲問仁。子曰：「愛人。」

《論語．顏淵》

1.3.2 唯仁者能好人，能惡人。

《論語．里仁》

1.3.3 夫仁者，己欲立而立人，己欲達而達人。

《論語．雍也》

語譯 **樊遲問仁是甚麼。孔子回答：「懂得愛人。」**

說明 《中庸》有「仁者，人也，親親為大」的說法。那是周禮的傳統，講愛人必須根據宗法血緣關係，由親而及疏（「親親」）。孔子仁者愛人的說法，卻打破這些血緣和階級的分隔。後來孟子更直接提出執政者要關心所有百姓（「親親而仁民」）。

語譯 **只有仁者才能真心喜歡人，才能真心厭惡人。**

說明 仁者所以愛人惡人並非出於主觀愛憎，或利益考慮，而是根據理性來作出喜惡的判斷。仁不單是一種敢愛敢恨的人道精神，也是一種知愛知恨的理性自覺。故此，仁成為了所有人做出合理行為的內在依據。

語譯 **所謂仁，是說自己想立德修身，也要幫助別人立德修身；自己想開拓發展，也要幫助別人開拓發展。**

說明 仁是一種心理狀態，表現為對自己發出無限的向上的要求，所謂己欲立、己欲達，正是這種「成己」的責任感。另一方面，仁者在成就己身的同時，也要讓別人成就自己，從而對立人和達人（「成人」）肩負起一份使命感。

1.3.4 樊遲問仁。子曰：「居處恭，執事敬，與人忠。雖之夷狄，不可棄也。」

《論語・子路》

1.3.5 子曰：「仁遠乎哉？我欲仁，斯仁至矣。」

《論語・述而》

1.3.6 子曰：「志於道，據於德，依於仁，遊於藝。」

《論語・述而》

樊遲問仁。孔子說：「日常起居要態度端莊，擔任工作要敬慎認真，和人交往要忠心誠懇。即使到了蠻夷之地，也不可背棄這個信念。」

仁者就修己、處事、待人，有着「恭」「敬」「忠」的要求，自覺地建立理想的人格。所以有人說仁是全德之名。此外，這顆仁愛之心超越了地域和時間的限制。孔子說：「君子無終食之間違仁，造次必於是，顛沛必於是。」（《論語・里仁》）即使一頓飯的時間，君子也不會離開仁德，匆忙時如此，困頓時如此。如果說：在某個偏遠的地方，或某個短暫的時間片斷，可以把仁德放下不講，這是絕對荒謬的事，而這樣的一個人再也不是一個仁者。

孔子說：「仁很遙遠嗎？哪個人如果真想要它，它就會來的。」

一個人有志於培養仁愛的情感，它就可以實現的。因為你已具備實踐仁德的一切條件，那是不假外求的，完全決定於自己的選擇。既然如此，你為甚麼還不馬上實踐呢？

孔子說：「人生的目標在於認識天道，求學的根據在於本身的德性，學習的依歸在於發揚仁愛，掌握的途徑在於遊憩於六藝。」

六藝是周代貴族須掌握的六種基本才能：禮、樂、射、御、書、數；涵蓋了禮儀、音樂、射箭、駕車、讀書寫字和算術。孔子認為通過六藝的學習，可以陶冶品格，修身立德，從中可見孔子的教育理念是德智體群美並重的全人教育。

談一談

仁的最簡單解釋，就是愛人，即人與人之間的互相關愛。

《詩經》《尚書》等古籍中，已出現「仁」字，表示對人的讚美。例如《詩經·齊風·盧令》用「其人美且仁」來讚美獵人帶着獵犬出獵，形象美好、仁慈和善，具有長者之相。到了孔子，他沿襲時人對仁的理解，就是「仁者愛人」，尤其指愛護人民。有一次，魯哀公問為政，孔子直截回答：「古之為政，愛人為大。不能愛人，不能有其身。」（《禮記·哀公問》）愛是雙向的，君主不能愛護人民，人民也不會擁護你，甚至乎離棄你。

一天，子路心情很好，身穿戎裝，威風凜凜，來見孔子。他見到夫子後，一邊舞劍，一邊興奮地説：「老師，古時的君子，也像我一樣，拿劍禦敵嗎？」孔子回答：「古時的君子，心中存的是忠誠，用仁愛作護衛；雖足不出戶，千里之外的人都仰慕他。遇到壞人，就用忠信加以感化；遇到暴徒，就用仁愛來壯大自己。又何須手持刀劍，以暴易暴呢？」子路聽後，明白到刀劍的力量，遠遠比不上仁愛的力量，對老師非常敬佩。（《孔子家語·好生》）

孔子這番話，說的是「愛人者，人恆愛之」「仁者無敵於天下」的道理。仁者為甚麼能夠兵不血刃、不戰而勝？因為那是「仁者愛人」的道德力量。所謂「得道多助，失道寡助」，只要天下人的心向着你、擁護你，自然築起了一道固若金湯的防線。《千字文》中「弔民伐罪，周發（姬發）殷湯（商湯）」，讚揚商君成湯和周武王姬發討伐暴君，安撫百姓而得天下，就是最佳的例子。可見孔子講仁愛，一方面是教統治者好好愛護人民，讓人民過好日子；另一方面，要讓所有人明白，仁愛有着巨大的力量。

於是，仁被視為全德之名，包含了多種理想的德行。忠、禮、智、勇等德目，都統攝在仁德之內。孔子說：「苟志於仁矣，無惡也。」（《論語．里仁》）一個追求仁德的人，他在品格上再不會出現問題了。仁佔着這麼重要的位置，故孔子不輕易以仁許人。即使他本人已經達到修養的極高境界，仍然謙稱自己夠不上仁德。不過，孔子竟然又說：「有能一日用其力於仁矣乎？我未見力不足者。」（《論語．里仁》）仁一方面似是高不可攀，另一方面又像是觸手可及，令人着實有點費解。原來，仁所以給人如許矛盾的印象，因為追求仁德的主動權，完全操縱在自己手上，任何人只要肯去嘗試，沒有做不到的，這是其平易處；但仁的追求是永無休止的，大家要用整個生命去不斷踐行，沒有一刻可以離開仁德，這是其困難處。

故此，仁在孔子的思想體系裏，被賦予了極廣闊和深刻的含義：

首先，孔子發現了仁是人與人之間的彼此關懷。這種關懷，突破了「親親」和上下的界限。「仁者愛人」(1.3.1) 代表了仁愛的對象不再局限於身邊親人，而是普遍的人，具有強烈的人道主義精神（儘管由親親到愛人，仍然有先後次序之分）。一次，孔子家裏養馬的地方失火了。孔子知道後，就問：「人有沒有受傷？」卻沒有問及馬匹。（《論語・鄉黨》）他並不富有，但跟那些愛財如命、不恤百姓的貴族相比，簡直不可同日而語。

其次，仁是一種由「愛人如己」到「愛人成己」的自我實現過程。《論語・衛靈公》說：「己所不欲，勿施於人。」人總會愛惜自己的一切，但仁者不單愛自己，也站在別人的角度看。故仁者具備同理心，能夠時刻自我反省，能從別人的角度去要求自己，體諒別人，例如自處要「恭」、處事要「敬」、待人要「忠」(1.3.4) 等，通過愛人、助人以成就一己仁德。仁者這些自覺的品格要求，開啟了廣闊的人格世界。

此外，仁者不單要成就自己，也要成就他人 (1.3.3)。這種「推己及人」的使命感，成為中華文化積極進取、博施濟眾的動力泉源。仁者憑甚麼能做到這樣？那就是「唯仁者能好人，能惡人」(1.3.2)。當中的好惡，並非出於私心、情緒或利害，而是坦然地讚賞別人的德行，厭惡別人的惡行。

總之，孔子説：「人能弘道，非道弘人。」(《論語·衛靈公》)仁是通過身體力行來自我實現、自我完成的，並非向外面去遵守一套行仁行義的準則規條。仁者之心就是驅動一切道德行為的主體。甚麼該做？甚麼不該做？乃隨心而發，是自己一顆道德心靈所作出的判斷。仁的踐行完全操縱在自己手上，這是人的尊嚴和價值。「子曰：『仁遠乎哉？我欲仁，斯仁至矣。』」(1.3.5)「仁」既然如此輕而易舉，那麼大家也不要推説自己做不到。儘管無時無刻都堅持着仁，並不容易，但是只要你肯用心去做，總會達到一些。故志學進德、踐仁臻聖，亦是每一個人應該努力的方向。

想一想

你有甚麼「己欲立」「己欲達」的打算？能做到「己欲立」「己欲達」算不算是一位仁者？為甚麼？

1.4

任重道遠

1.4.1 曾子曰：「士不可以不弘毅，任重而道遠。仁以為己任，不亦重乎！死而後已，不亦遠乎！」

《論語．泰伯》

1.4.2 弘，寬廣也；毅，強忍也。非弘不能勝其重，非毅無以致其遠。

朱熹：《論語集注》

語譯　曾子說：「讀書人不可不志向遠大，意志堅強，因為他肩負重任，路途遙遠。以實踐仁德為己任，這不是責任重大嗎？堅持到死才卸下責任，這不是漫漫長路嗎？」

說明　曾子認為士當以貫徹孔子仁道為己職。仁愛所及，無所不包，這責任難道不重大嗎？仁德要用整個生命去踐行，這條修養的道路難道不遙遠嗎？曾子說出這番話，並非表示不願意擔此重任，反而是對士的身份有了深刻的體會，且覺得做好一個士是無上的榮耀。

語譯　弘，是胸懷廣闊；毅，是堅持忍耐。沒有廣闊的胸襟，豈能承擔士之重任？沒有強忍意志，豈能一往直前，堅持到底？

說明　「弘」是胸襟視野，沒有「弘」，格局太小，怎能擔起士的重任？「毅」是堅忍力行，沒有「毅」，失去約束，又怎能堅持到底？「弘」和「毅」兩字，正是士應所具備的兩個必要條件。面對紛繁的社會、複雜的人事，唯有寬廣者，才能勇於承擔，坦然應付；人生亦難免於種種困難、挫折和橫逆，唯有強忍者，始能抵受痛苦，堅持到底。

1.4 任重道遠

1.4.3 子貢問曰：「何如斯可謂之士矣？」子曰：「行己有恥，使於四方，不辱君命，可謂士矣。」曰：「敢問其次？」曰：「宗族稱孝焉，鄉黨稱弟[悌]焉。」曰：「敢問其次？」曰：「言必信，行必果，硜[亨]硜然，小人哉！抑亦可以為次矣。」

《論語・子路》

1.4.4 曾子曰：「可以託六尺之孤，可以寄百里之命，臨大節而不可奪也。君子人與？君子人也。」

《論語・泰伯》

子貢問孔子：「要怎樣做才可稱為士呢？」孔子說：「對自己的行事能知恥而有所不為，出使外國，不辱國君所託付的使命，便可稱為士了。」子貢問道：「請問次一等的呢？」孔子說：「宗族中人稱讚他孝順父母，鄉里中人稱讚他尊敬長輩。」子貢又問：「敢問再次一等的。」孔子說：「說到甚麼，就要做到甚麼，這等如硬梆梆只管達成目標的普通人呀，總算次一等的吧。」

這段文字提到三種士。第一種士，能承擔重任，不辱使命，但有道義上的底線，知恥而有所為、有所不為。次一等的，品格良好，能孝順父母，尊敬長輩。第三種士，講信用，重承諾，但格局低，只管埋頭苦幹，做着較低層次的工作，像個盡職的公務員。故孟子不得不補充說：「大人者，言不必信，行不必果，惟義所在。」（《孟子・離婁下》）守信和果決固然重要，但要看那是否合於道義，固執而不知變通就不好了。

曾子說：「可以託付幼君，可以交託社稷，生死關頭仍臨危不懼的人，是君子嗎？那當然是君子。」

士可以堪當重任，在生死存亡關頭，也絕不動搖屈服。歷史上周公、諸葛亮都具有這種任重道遠的使命感。

談一談

士是中國文化的特有產物。他們身負疊疊的重擔，躑躅在茫茫的人生旅途上；即使傷痕纍纍，仍然咬緊牙關，兢兢業業，堅持到底。

西周時代，士原本是一種社會等級的劃分。那時統治階層呈金字塔式，由上而下分為天子、諸侯、卿大夫，以至於士。士是貴族裏頭最低級、人數最多的一個群體。到了春秋戰國期間，周王朝的秩序和制度漸漸瓦解，許多士失去了貴族的身份，變成平民。他們只好依靠擁有的知識去謀取生活，像雞鳴狗盜的遊士，朝秦暮楚的策士，開壇作法的術士，煉丹採藥的方士，摩頂放踵的俠士，韜光養晦的隱士，當然還有任重道遠的儒士，形成了社會上最活躍、最有能量的群體。

秦漢以後，社會階層起了變化，平民階層分成士、農、工、商四類。這時候，士又成了「四民」之首。隨着漢武帝罷黜百家，獨尊儒術，儒士的身份地位給確立了，並與統治階層連結在一起。儒士接受栽培，學養有素，當中不乏有見識，有抱負的才士。他們具備建設社會、完善社會的使命感；又能秉持堅毅的品格，做到「窮則獨善其身，達則兼善天下」。所以，在中國文化的大概念裏，士是具有正面精神力量和獨特個性的人格形象。

孔子的學生一再問到「士」是甚麼，孔子都能因材施教。孔子回答做官的子貢，說士有一國之士、一鄉之士、小人之士三等（1.4.3），但即使是最次的士，也比身居執政而鼠目寸光的「斗筲之人」強多了。個性剛強的子路，也向孔子請教。孔子回答說：「切切、偲偲、怡怡如也，可謂士矣。」（《論語・子路》）做到朋友間相互鼓勵、相互批評，兄弟間和睦相處，能互相包容接納，那也是士了。總之，士的能力雖有高下，但都心存社稷，愛人如己，這是士的識見。

另一方面，士對本身也有極嚴格的要求，他必須刻苦勤奮，不可過着懷戀安逸的生活。孔子說：「士而懷居，不足以為士矣。」（《論語・憲問》）孔子學生顏回正是一個安貧樂道的人。他居住在陋巷裏，吃粗糧，喝冷水；孔子卻一再讚賞「賢哉回也」，說他樂在其中。（《論語・雍也》）孔子還說：「士志於道，而恥惡衣惡食者，未足與議也！」（《論語・里仁》）一個人心裏想着正理，卻不甘於捱苦，那麼這種人也不值得跟他多費唇舌。由此可見，士必須堅忍，是一個苦行者。

《列女傳》有一個「黔婁之妻」的故事，正好說明士的識見和堅持。黔婁先生死時，窮得連一塊蓋着屍身的布也不夠大，蓋上頭就露腳，蓋上腳就露頭。曾子跑去弔祭先生，說：「斜着蓋就行了。」黔婁妻子說：「斜着有餘，不如正着不足。我看先生還是喜歡正道的。」曾子又問先生謚號，黔婁夫人回答：「以康為謚。」曾子說：「先生在世時，吃不飽，穿不暖，生時貧困，死也淒涼，怎麼還用一個『康』字做謚號呢？」黔婁夫人正色說：「先生在生時，國君想拜他為國相，他辭而不受，這是有餘貴；國君曾經賜先生三十鍾粟，他辭而不受，這是有餘富。先生甘於吃苦，安於卑微，不憂貧賤，不貪富貴，求仁得仁，求義得義，謚號為康，不是很合適嗎？」曾子聽罷，才懂得黔婁先生和妻子的識見視野，連呼：「只有這樣的人，才配得上這樣的妻子！」可見真正的士，他的滿足感來自精神上，而不是在肚皮上、物質上。

關於「士」的討論，還是曾子「士不可以不弘毅，任重而道遠」(1.4.1) 一語最為深刻。任重，是指承擔責任的重負。這個責任，不是一般的責任，而是道義的責任。因此士要有廣闊的胸襟視野（弘），才懂得有甚麼要堅持，為甚麼要堅持。道遠，是指堅持不懈。那代表士面對挑戰時的沉勇和忍耐（毅）。士為着個人信念，可以抵禦重重阻力，不屈不撓，堅持到底。記得《世說新語》有個「華王優劣」的故事。華歆與王朗一起乘船避難。有一個人要求隨舟同行，華歆感到為難，一再推辭。王朗說：「幸好船上還寬敞，為甚麼不可以呢？」後來賊兵追上來了，王朗打算半路上拋棄人家。華歆說：「當初我所以遲疑的緣故，正為了這種情況。既然接受了人家的託身請求，怎麼可以臨危拋棄呢？」再沒有理會王朗的反對，仍舊帶着那人逃難。世人就憑這件事評定華王二人的優劣。可見，在不影響個人利益的情況下幫幫別人，很多人都做得到，但在危急關頭下依然患難與共，堅持到底，就需要很大的道德勇氣。

總之，士能擔重任，堅持不懈，成為有氣象，有境界的人。

想一想

今天社會還有士的存在嗎？試提出你的看法。你如果以古代的士為榜樣，你打算學習哪些地方？

1.5 下學上達

1.5.1 子曰：「莫我知也夫！」子貢曰：「何為其莫知子也？」子曰：「不怨天，不尤人，下學而上達，知我者其天乎！」

《論語・憲問》

1.5.2 子曰：「吾十有五而志於學，三十而立，四十而不惑，五十而知天命，六十而耳順，七十而從心所欲，不踰矩。」

《論語・為政》

語譯 孔子說：「沒有人了解我啊！」子貢說：「為甚麼說沒有人了解您呢？」孔子說：「我沒埋怨天，也不責怪人。從身邊的事物開始學習，慢慢了解掌握高深的義理。知道我的，只有天吧！」

說明 所謂「上」和「下」，那是分別就天命和人事而言。只要努力學習為人處世之事，就能上知天命。人生雖際遇不同，但孔子不怨天，不尤人。別人不懂得你，老天懂得你就是了。這段話突出了聖人孔子的平實處，也顯出其高尚處。

語譯 孔子說：「我十五歲就立志求學；到了三十歲，對為學做人有了把握；四十歲，遇事不致迷惑；到了五十歲，就認識天命；六十歲，聽到別人說話，都能分清真偽，體會要領；到了七十歲，隨心所欲做事，都不會超越規矩法度。」

說明 孔子用簡單幾句話，就報告了自己一生的學習經歷和艱苦奮鬥的過程：由立志為學，到懂得做人處事，不受困惑，到敬畏天命，到耳聰目明，接受不同意見，再而隨心處事而不失其度，這是一個生命不斷進階和提升的過程。人固然是渺小的，但個體人格通過不斷自我完善，以達於昇華和躍進，以上體天道，卻讓人感到無比榮耀和滿足。

1.5.3 君子素其位而行，不願乎其外。素富貴，行乎富貴；素貧賤，行乎貧賤；素夷狄，行乎夷狄；素患難，行乎患難。君子無入而不自得焉。……正己而不求於人，則無怨；上不怨天，下不尤人。

《中庸・十四章》

1.5.4 孔子曰：「君子有三畏：畏天命，畏大人，畏聖人之言。小人不知天命而不畏也，狎大人，侮聖人之言。」

《論語・季氏》

1.5.5 故君子居易以俟命，小人行險以徼幸。

《中庸・十四章》

君子按着他所處的地位去做事，不貪圖本分以外的東西。處在富貴的地位也好，貧賤的地位也好，夷狄的地位也好，艱難的地位也好，就做該地位所應該做的事。無論在甚麼位置，都能自得其樂。……君子只管端正自己，對別人無所要求，自然不會老是埋怨。上不埋怨天，下不歸咎他人。

君子安守本分，盡人事，聽天命，不作無謂的非分之想。人的價值，來自高貴的品格，而不是地位和財富。

孔子說：「君子敬畏的有三件事：敬畏天命、敬畏王公大人、敬畏聖人的話。小人不懂得天命，於是沒有敬畏之心，不尊重王公大人，戲侮聖人的言論。」

孔子認為天道上、社會上、學術上，各有其綱領和秩序，君子的三畏就是對天命、王侯和聖賢懷着敬畏的心情，不要學小人的愚蠢、傲慢和無知。小人不懂得生命的分限而一味貪求，不懂得身份的分野老想攀附權貴，不懂得聖賢的教誨而老是抬槓。這類愚蠢的行為都是無益的。

君子居心平易，守住本位，聽天由命；小人不循正道，冒險行事，妄求非分利益。

這裏，聽天由命是一種光風霽月的胸襟，並非消極的心態。

“談一談

你覺得自己有多重要？這是一個很難回答的問題。因為在浩瀚的宇宙裏，個人是十分渺小和微不足道的。但孔子卻信心滿滿地說：「下學而上達，知我者其天乎！」(1.5.1) 通過努力修德，我們可以了解天道，印證天道，讓人的價值可比天高。人固然是渺小的，也是高貴的。

宋明理學家對孔子「下學上達」這句話十分重視，認為是治學的根基功夫，也是成道的功夫。為甚麼這樣說？因為就求學的次第來說，必定先從近者、淺者入手，然後漸進於精深。所以下學和上達是一件事的兩端，沒有從身邊最切近的做人處事方面作出努力，就無法上達。故談修養必須不斷地從生活中學習、累積，才能豁然貫通，向上昇華，以上達天命、天道。

那麼，天命指的是甚麼呢？朱熹說：「天命即天道之流行而賦於物者，乃事物所以當然之故也。」天道是世間一切真、善、美的源頭。上天在創造萬物時，已把這個真、善、美的道理（天理），分散流佈於萬事萬物當中。人是萬物之一，上天當然也賦予我們良好的德性，例如仁義禮智等。它們都是真實、善良和美好的。你要孝順父母，你要明辨是非，都是來自天賦的真善美。你要表露這份真實的感情（真），貫徹心中的良善意願（善），維持彼此的美好關係（美），只要肯做，沒有做不來的。孔子說：「吾十有五而志於學，三十而立，四十而不惑，五十而知天命，六十而耳順，七十而從心所欲，不踰矩。」(1.5.2) 這幾句話報告了孔子的學習過程，也是學道過程；由淺入深，由下而上，終能上知天命，而個體生命亦體現了天道的流行，成就了偉大的人格。

不過，有些人自以為在努力學習了，卻始終未能學有所成，未能施展抱負，未能受到賞識。故此，儘管「下學」不斷，「上達」那份榮譽感還是沒有到來，於是灰心喪志。須知道，知天命還有另外一面。人生際遇不同，無論你有多強的本領，人家就是不認識你，或者偏不重視你，那你怎麼辦？這時，知天命也就是認識到運命有時是多麼的無奈，我們必須坦然面對，不怨天，不尤人，不會因為一時受挫而氣餒，做到「居易以俟命」(1.5.5)。正如唐代大詩人白居易（字樂天），名字當中就隱含了這種樂天知命的思想。

再說，作為一個修道者，他的成就感並非來自功名富貴、權力地位。孔子說：「君子素其位而行，不願乎其外。素富貴，行乎富貴；素貧賤，行乎貧賤。」(1.5.3) 這幾句話顯示出仁者充滿着自信，所追求的不是富貴顯達的下達，而是「知我者其天乎」的上達！今天一些同學，花了點力氣幫老師同學做事，三不五時就希望老師加操行分，否則就諸多埋怨，一點志氣也沒有，其實他們都要多讀點《論語》。

有一次，楚國大夫葉公問子路：孔子是個怎樣的人。子路冷不防有此一問，沒反應過來。孔子後來對子路說：「你怎麼不這樣說：夫子這個人啊，專注學習就忘記吃飯，學得興起就拋開煩惱，都快不曉得自己是老人家了。」（《論語・述而》）面對人生和命運的局限，有人憂心忡忡、自怨自艾，而孔子卻能潛心學問，努力修德，做到安心立命，樂此不疲，不知老之將至，展現出恢弘的人生格局。這才是徹徹底底的下學上達。

試拿我的職業做例子，我教書四十年，在這個商業社會中，人之患是眾人眼中一件不賺錢的工作。尤其在今天的社會氛圍底下，教師被視為學校裏的一個員工，他要拼業績、守紀律、懂服從。他受到辦學團體、校董會、教育當局、家長、上司、同事，以至學生等多方面的夾擊；由於孤軍作戰，所以處境變得被動，身份也變得卑微。不要說甚麼師道尊嚴，教師就連休息的時間也沒有了。再看看我的中學、大學同學，以至後輩、學生，不少已出人頭地，名成利就。但我要為此覺得難受嗎？別人獲取成就該是一件好事。大家分在不同崗位，做着不同的工作；只要學以致用，把工作做得圓滿，就是一種福分和榮耀。反之，即使你身處高位，如果把工作搞砸了，也只會被人輕視。從另一角度看，我跟學生相處，跟家長交朋友，那是多麼愉快的一件樂事，絕對不可以用金錢回報來衡量。所以，我們不妨用樂觀和光榮的心態去完成畢生的使命，做到這樣，就是上達。

想一想

現代社會利益掛帥、急功近利，你認為孔子「素其位而行，不願乎其外」的觀點，是否仍然有其價值？

聖人孔子曾經涉及一段和南子的緋聞。南子妖媚，名聲不好，卻是權傾衛國的國君夫人。她仰慕孔子才德，硬要孔子在見衛君前和她見面。孔子不得已只好登門見她。事後子路十分不滿，逼得孔子也要指天解釋。

國學大師南懷瑾《論語別裁》說：

原文 南子是古代的一個美女，是衛國的人。孔子在這個國家相當久，因為衛國本來有意留孔子，把國政交給他，學生中有很多人懷疑孔子想取得在衛國的君權。當時衛國的諸侯衛靈公，寵愛一個漂亮的妃子，就是南子。

漢朝司馬遷《史記・孔子世家》對這件事也有記載：

原文 靈公夫人有南子者，使人謂孔子曰：「四方之君子不辱欲與寡君為兄弟者，必見寡小君。寡小君願見。」孔子辭謝，不得已而見之。夫人在絺帷中。孔子入門，北面稽首。夫人自帷中再拜，環佩玉聲璆然。孔子曰：「吾鄉為弗見，見之禮答焉。」子路不說。孔子矢之曰：「予所不者，天厭之！天厭之！」居衛月餘，靈公與夫人同車，宦者雍渠參乘，出，使孔子為次乘，招搖市過之。孔子曰：「吾未見好德如好色者也。」於是醜之，去衛，過曹。

譯文 衛靈公有位叫南子的夫人，派人跟孔子說：「各國的君子，凡是看得起我們國君，願與國君建立兄弟般交情的，都必定會來拜見我們南子夫人，南子夫人也願意見您。」孔子本來想推辭，推不掉只好去見她。南子安坐在細葛布做的帷帳中，孔子進門後，朝向北面叩頭行禮。南子在帷帳中拜了兩拜，她所配戴的玉佩首飾發出了清脆的撞擊聲。事後孔子解釋：「我原來就不想來見她，現在不得已見了，就得以禮還她。」子路還是不高興。孔子指天說：「我若不見她，老天都會討厭我！老天都會討厭我！」孔子在衛國待了一個多月。一天，衛靈公與南子同坐一車，宦官雍渠陪侍車右，出宮後，讓孔子乘坐副車跟隨在後。經過街上時，大肆張揚引起百姓注意。孔子說：「我沒有見過喜歡美德如同喜歡美色那樣的人啊！」於是對此感到厭惡，就離開衛國，前往曹國去了。

第一問

孔子說過「非禮勿視，非禮勿聽，非禮勿言，非禮勿動」，那他私會南子是否自食其言？

第二問

孔子說過士要「行己有恥」，他到衛國謀發展，行為表現上能符合士的身份嗎？

孔子說過「非禮勿視，非禮勿聽，非禮勿言，非禮勿動」，那他私會南子是否自食其言？

關於這一問，重點是孔子主張守禮，他私會南子有沒有違反禮的規定？如有，孔子確是自食其言；如果沒有，那怎麼解釋他私會南子？

要回答這個問題，可從不同角度加以探討：

1. 南子為甚麼要見孔子，她見孔子的理據是甚麼？
2. 如果大家都是清清白白的，事件何以持續發酵？
3. 子路在孔子身邊，是知情人，他為甚麼不悅？
4. 孔子怎樣理解自己的做法？
5. 孔子見南子整件事是否合禮？

1. 南子是衛君得寵的夫人，生性淫亂，卻喜歡交結人才，自高聲價，增加政治資本。孔子是著名的學者，又得到衛君禮遇，自然成為她延攬的對象。所以使者開門見山說：四方君子來到衛國，在結交衛君的同時，也要拜見南子，這是衛國的規矩。

2. 孔子名滿當世，是眾人目光聚焦所在，蜚短流長，自難避免，故這件事一開始已經持續發酵。首先子路不悅，繼而孔子指天解釋，可見當時已有閒言閒語。又司馬遷《史記》寫兩人隔帷見面，環佩玉聲璆然，簡直繪影繪聲。可見直到漢代，仍是流言不絕。司馬遷尊崇孔子，既指出兩人依禮見面，也記述了佩玉之聲相聞的閒言，履行了史家有聞必錄的責任。

3. 子路應該不是懷疑孔子和南子之間有甚麼曖昧或苟且之事。子路為人直率，最敬重孔子，也十分了解這位老師的高尚品格。他所以不悅，因為他擔心孔子的名聲受損。南子妖媚，人盡皆知，孔子被其利用以增聲價，好事之徒散播流言蜚語，對孔子及其門派都造成損害。

4. 孔子要在衛國立足，就得依從衛國的規矩。南子派人依禮約見孔子，孔子當初雖不願見，也不能不依禮赴約。孔子固然可以拒絕，但倘令到南子誤以為自己瞧不起她，產生誤會，那就不好。故孔子指天説若不見她，老天都會討厭我的；作為客卿，就要按人家規矩辦事，否則衛國還能待下去嗎？

5. 所謂「男女授受不親」之禮，不見得是孔子時代的嚴格守則。《説苑》和《韓詩外傳》都記載了戰國時期「滅燭絕纓」的故事。楚王點燭夜宴，叫寵愛的美人向一眾文臣武將敬酒。在風吹燭滅之際，有人拉住了許姬的手，忙亂中許姬也摘下那人帽子上的纓帶。許姬手持纓帶叫楚王拿人，楚王卻令大家都把帽纓取下，這才點上蠟燭，顧全了該部下的顏面。後來有人屢屢在戰爭中拼力死戰，保衛楚王，原來正是此人。

根據上述分析，孔子和南子相見，仍然是依禮而行，孔子也沒有自食其言。

孔子說過士要「行己有恥」，他到衛國謀發展，行為表現上能符合士的身份嗎？

就着這一問，孔子到衛國謀發展，希望實現其政治抱負，這是否士所應為的事。孔子答應面見南子，不卑不亢，以禮相見，固然是用世心切，目的也是為社會人民做點事情，並沒有違背士的身份和原則。

所以引起有關孔子是否做到「行己有恥」的討論，實源於夫子自道「吾未見好德如好色者也」這句憤慨之詞。《史記．孔子世家》記載夫子感到厭惡和屈辱，悻悻然離開衛國（「於是醜之，去衛，過曹」）。那麼，孔子當初是否為了求官，曾經不擇手段，委屈自己，未能做到知恥而有所不為呢？

首先，《史記》記載衛君和南子坐車招搖過市，第一車是衛君和南子，還有衛君寵愛的太監雍渠做參乘；第二車才是孔子。這番故意的造作，把路上群眾的目光都吸引住，人人爭着看熱鬧。於是孔子產生了對「好色」和「好德」的思考。好色是人類的本能，好德出於人類的理性（經過思考和反省）。孔子固然服從理性，但其他人又如何呢？孔子遂有「吾未見好德如好色者也」之歎。

其次，孔子這句話罵的是誰呢？路邊群眾？抑或是衛君？那當然是衛君了。所謂「食色性也」，好色愛美是人情之常，路人爭看美女乃出自真情實感，這固然無聊，但跟品德修養未必有直接衝突。可是衛君作為一國之君，以好色為先，好德為次，品德沒有受到應有的重視，那孔子能再為這個人辦事嗎？能靠這個人推行其德治主張嗎？孔子所以「醜之」，感到厭惡，是因為羞與衛君這種人為伍。

再者，孔子是否本來想攀附權貴，直至後來認清現實，不堪被利用，才悻悻然離開？像衛靈公這種君主，既寵愛聲名狼藉的南子，又有彌子瑕這些男寵（成語「斷袖分桃」説的正是他們），孔子豈能不知？孔子跟他們走在一起，豈不是同流合污？其實也不能這樣説。統治階層的腐化，在那個貴族當權的時代裏比比皆是。倘若衛靈公的私德沒有妨礙公德，能以「安百姓」為務，孔子仍可與之合作。經歷招搖過市這件事，孔子反覆思考，對這位君主的所作所為是感到悲觀的。孔子説過：「以道事君，不可則止。」（《論語・先進》）既然理想抱負無法施展，於是作出了離開的打算，也符合「行己有恥」的要求。

《孟子・萬章上》也記述了這件事，可以作為補充。原來衛國政客爭相拉攏孔子，而孔子依然無動於衷。孟子弟子萬章問道：「有人説孔子在衛國時，住在太監雍渠家裏，有這回事嗎？」孟子解釋事情不是這樣，是「好事者為之也」，即有人老是搬弄是非。又説彌子瑕妻子與子路妻子是姊妹，故彌子瑕對子路説：「孔子來我家裏住，我幫他得到卿相之位。」子路把這話告訴孔子。孔子沒有答應，只説：「有命（那取決於命運吧）！」並重申「進以禮，退以義」的處事原則。由此可見，孔子的出處大節，即出仕和隱退的抉擇，是凜然不苟的。

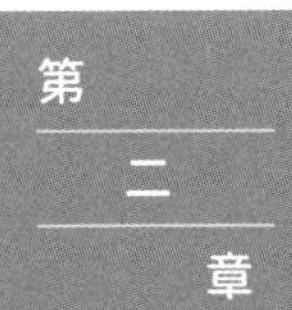

進德・修己

良知良能

誠意正心

化性起偽

絕聖棄智

逍遙無為

父母也好，老師也好，耳提面命，總教我們存好心，做好事，要做一個好人，做一個有教養的人。

淘氣的孩子總犯嘀咕：「幹嘛要做好人？卡通片裏的壞人多好玩！」可惜古代的聖人未曾看過卡通片，不然也會被這些有趣角色吸引着，莞爾而笑，邊説：「不行，不行。」這時，倔強好勝的孩子仍然裝着不勝羨慕，氣鼓鼓的説：「壞人比好人強多了！」

畢竟卡通人物不同於真實，真實世界裏，好人幫助他人，壞人只會損害別人利益。在古代聖賢眼中，善與惡、私心與道義，壁立千仞，苟且不得，絕對不能混為一談！

為甚麼我們甘心要做好人？為甚麼不能違犯道德？且看《詩經．大雅．烝民》有這樣的詩句：「天生烝民，有物有則；民之秉彝，好是懿德。」上天生出萬物，每樣事物都被賦予了生長和運行的法則；我們必須踐行這些基本規律，把它們視作美德加以欣賞和學習。

古人認為日月星辰，山川草木，鳥獸人類都是上天創造的。日往月來，星轉斗移，山高水低，春稼秋穡，鶴長鳧短，父慈子孝，生命繁衍，世間萬物均有其生生不息的自然法則。上天在創造萬物的過程中，已經把「天道」這些美好的規律，內藏於每樣事物當中，作為萬物運行的最高指導原則，成為事物的「德性」。

這些美好的規律、德性，就成為人類社會一切道德的內在依據。所以，道德的實現（例如父慈子孝、仁民愛物），是順着人類天性的使然，大家只要「求則得之」，即可以成就本有的美德，而並非從外面強加一種道德規範於我們頭上。既然我們本來就是好的，生下來就應該順着愛己愛人的方向發展的，那麼，我們豈能做出違背自己德性的行為呢？

當然，不同學派的聖賢，對於上天賦予萬物的美德、德性，有着不同的看法;對於修養品格，也有不同的進路。

2.1

良知良能

2.1.1

所以謂人皆有不忍人之心者，今人乍見孺子將入於井，皆有怵[卒]惕惻[測]隱之心。非所以內[納]交於孺子之父母也，非所以要[腰]譽於鄉黨朋友也，非惡其聲而然也。

《孟子．公孫丑上》

2.1.2

由是觀之，無惻隱之心，非人也；無羞惡之心，非人也；無辭讓之心，非人也；無是非之心，非人也。惻隱之心，仁之端也；羞惡之心，義之端也；辭讓之心，禮之端也；是非之心，智之端也。

《孟子．公孫丑上》

為甚麼說每個人都有不忍見別人受苦的憐憫心？譬如突然發現一個孩子快要跌到井裏去，任何人都會產生驚駭同情之心。此心的呈現，不是為着要來和這小孩的父母攀結交情，不是為着要在鄉里朋友中間博取名譽，也不是厭惡那小孩的哭聲才會這樣的。

憐恤別人的惻隱之心是人的本性，在面對別人受苦時，是會自然流露的，並不是因為一些外在的利害因素才有這種表現。惻隱之心是仁的根源。人有這種不忍見別人受苦的心，便不忍見親人、其他人受苦，再進而愛親人、其他人，以至動物和山川草木。

由此可見，沒有憐憫的心，沒有廉恥的心，沒有禮讓的心，沒有是非的心，都不能算是人。憐憫的心，是仁的萌芽；廉恥的心，是義的萌芽；禮讓的心，是禮的萌芽；是非的心，是智的萌芽。

仁愛源於關懷愛護，正義源於知恥心理，禮儀源於禮讓尊重，智慧源於分辨是非。孟子強調四端之心是人所共有的，就好像人人都有四肢一樣，具備這四端卻自認為不行的，等於自暴自棄；認為他的君主做不到的，就是害其君。

2.1.3 凡有四端於我者，知皆擴而充之矣，若火之始然，泉之始達。苟能充之，足以保四海；苟不充之，不足以事父母。

《孟子・公孫丑上》

2.1.4 孟子曰：「牛山之木嘗美矣。以其郊於大國也，斧斤伐之，可以為美乎？是其日夜之所息，雨露之所潤，非無萌蘖[拍]之生焉，牛羊又從而牧之，是以若彼濯[鑿]濯也。人見其濯濯也，以為未嘗有材焉，此豈山之性也哉？雖存乎人者，豈無仁義之心哉！其所以放其良心者，亦猶斧斤之於木也。旦旦而伐之，可以為美乎？」

《孟子・告子上》

語譯 凡是有這四種善端的人，只要懂得擴大充實它們，就像火苗開始燃起，泉眼開始流淌一樣，勢不可擋。如果能夠進一步發揚它們，便足以安定天下；反之，就連贍養自己父母都做不到。

說明 四端之心正是人和禽獸的區別之處，也是人性所特有和可貴之處。一個人要成就偉大的人格，抑或淪落為不忠不孝的人，就看他能否培養發揚其天賦的四端之善。

語譯 孟子說：「牛山上的樹木曾經長得很茂盛。因為鄰近都城，城裏的人老是拿着斧頭去砍伐，那它還能夠茂盛嗎？當然，它還是晝夜不停生長，受到雨露滋潤，不是沒有長出新的嫩芽；可惜牛羊放牧其間，又咬吃一空了。人們看見它光禿禿的，就以為這山上未曾有過樹木，這哪裏是山的本性呢？存在人身上的，難道沒有仁義之心嗎？他們所以失去這顆善良的心，就像斧頭砍伐樹木新枝那樣，每天砍伐它，還會長得茂盛嗎？」

說明 四端之善必須好好栽培存養，否則不斷受到其他習染影響，人性的美善就受到傷害，而不復存在。於是有些人不知就裏，還振振有詞：「你看這個人多壞！人性根本就不是美善的。」事實卻並非如此。

談一談

「這個人沒良心！」「沒有人性。」「太沒天理了吧？」—— 這些都是罵人的話。罵人沒天理，就是罵這個人沒有良知，沒有人性，壞事做盡。然則，「天理」「良心」「人性」之間，有甚麼關係呢？

天理就是天道，是上天的最高法則，化為世間一切的真、善、美。古人相信上天是造物者，它創造萬物，也創造了人。它將至美至善的天理用指令（天命）的形式，包含在人性當中，成為人的良好德性、良知良能。《中庸》說：「天命之謂性，率性之謂道。」每個人自呱呱墜地，即被賦予天理，組成人性的關鍵部分。我們都要順着本性好好發展，那是每一個人必須遵行的道路。在孟子眼中，人生下來就具備了仁義禮智等良知良能（類似於尚未啟用的電腦預設應用程式），這就是性善說的根據。

既然如此，不禁會問：電腦作業系統管理員的指令擁有最高權限，為甚麼天命所歸的良知良能，有時竟被使用者自行清除設定呢？你看世上不是有很多狼心狗肺的人嗎？他們的良知去了哪裏？首先，孟子沒說過人生下來就已完整地具備了仁義禮智，他只說人心中存在着惻隱、羞惡、辭讓、是非的四端之善。但那僅是

「幾希」的狀態。他說：「人之所以異於禽獸者幾希；庶民去之，君子存之。」（《孟子・離婁下》）人跟禽獸的差別就在那極微細極稀罕之處；只是普通人把它丟棄了，君子卻把它保留了。幾即細微，希即稀少。幾希指四端之善在人心中，質與量都極微極少；但通過存養擴充，即能指導人們行仁行義。所以說「人皆可以為堯舜」，就是這個道理。

其次，被形容為「幾希」之善的四端，為甚麼叫做「端」？端，就是蠶蟲結繭吐絲的線頭、頭緒。所謂「如絲之得緒，能盡一繭之絲」，農戶將蠶繭投進熱水，再用筷子把蠶絲那個頭緒（端）找到，夾着後一抽而起，這樣才能抽絲剝繭。同樣，人心中具備了惻隱、羞惡、辭讓、是非等道德感情的發軔（端）。當這顆心靈跟人、事、物接觸，而不受到環境、貪欲過度擾亂，自可將這初生和微弱的四端之善好好擴充存養。慢慢地，四端之善逐步主宰整個心靈，並指導整個人的一言一行。這固然是很理想的說法，因為四端之善（天理）與貪欲（人欲）的鬥爭是互有攻守，此消彼長，很少一下子就分出勝負，兵敗如山倒。

故此，我們都說天理跟人欲相對立。天理是好的，人欲是壞的。那為甚麼除了天理外，又來了人欲？上天為甚麼不取消了人欲，那麼，人性中只有美、善和愛，豈不更好？殊不知人類需要圖生存、求進步，故人心必須具有渴飲飢食、貪欲好逸等情感和欲望作為驅動。而且，欲望作為人內部一個重要動力來源，只要善加疏導，誘之為善，反而是美事。所謂「君子愛財，取之有道」，求田問舍，本無不妥。如果發為善心，建成廣廈千萬間，「大庇天下寒士俱歡顏」，你說那有多好！不過一味縱容欲望，任其發展，就會出現了見利忘義、損害他人等行為，並不斷侵害我們的良知良能。

另一方面，人欲反過來也淬煉了四端之善，讓這顆道德心靈漸漸掌握了應對紛繁萬事、隨機應變的智慧。要知道在複雜的現實世界中，如何運用天賦的良知良能去存好心、做好事，需要一個艱苦的學習過程。見事不明者，好心做壞事者，自以為逞其良知良能，反而誤人誤己。馬中錫《中山狼傳》寫東郭先生救了中山狼，反而差點被吃掉。這就是仁陷於愚的行為。幸好這顆道德心靈不是電腦的應用程式，因為電腦程式是死的，要管理員下達指令才可更新設定（Upgrade），而道德心靈卻是靈活躍動、日漸壯大和應物變化的。

多年教學，接觸過不少學生。有些學生主動性較強，較為積極，能夠約束自己行為，專注學業。有些學生惰性較大，沉迷玩樂，也沒法管束好自己。遇到前一類學生，固然無以尚之；但遇到後一類，也是作為教師所必須面對的挑戰。要教好學生，有人認為，必須嚴加督促，將好逸惡勞等惡習，禁之於未萌；也有人說，要多加欣賞，從正面給予肯定，以存養四端之善。其實都講得對。但還要補充一點，無論表現多惡劣的學生，他內心仍然存着一點靈明，正與習染作出殊死爭鬥。他表面上放棄，但內部並沒有放棄過，作為父母師長的更不能放棄他。只要堅持下去，終有一天，這一點四端之善終會光復失地，照亮一片心靈。

想一想

如果說人類天性中已具備禮讓的種子，那為甚麼在巴士站排隊上車，有些人會爭先恐後？這等無禮的行為有甚麼缺點？

2.2 誠意正心

2.2.1 古之欲明明德於天下者，先治其國；欲治其國者，先齊其家；欲齊其家者，先修其身；欲修其身者，先正其心；欲正其心者，先誠其意；欲誠其意者，先致其知；致知在格物。

《大學》

2.2.2 物格而後知至；知至而後意誠；意誠而後心正；心正而後身修；身修而後家齊；家齊而後國治；國治而後天下平。自天子以至於庶人，壹是皆以修身為本。

《大學》

古人要想弘揚美好德性於天下，先要治理好國家；要治理好國家，先要管理好家庭；要管理好家庭，先要修養好自身；要修養好自身，先要端正自己的心知；要端正心知，先要使意念真誠；要意念真誠，先要多方獲取知識；多方獲取知識的途徑，在於探研萬事萬物。

《大學》《中庸》均出自《禮記》，後與《論語》《孟子》合稱「四書」。朱熹引述程頤的話，指《大學》乃「初學入德之門」，意即進入德行的門徑。它指出一個人的道德心靈，由逐步存養，至積善成德，可區分為八個步驟，即：格物、致知、誠意、正心、修身、齊家、治國、平天下，合稱為「八條目」。

通過探研萬事萬物，才能獲得知識；獲得知識後，意念才能真誠；意念真誠後，心知才能端正；心知端正後，才能修養自身；修養自身後，才能管理好家庭；家庭管理好了，才能治理好國家；治理好國家後，才能讓天下人歸心。上至天子，下至平民，都以品德修養為根本。

格物、致知是向外探尋和學習的階段；誠意、正心是向內印證和安頓的階段；修身、齊家是身體力行、感染別人的階段；治國、平天下是凝聚社會群眾，發揮領袖魅力的階段。

2.2.3 所謂誠其意者，毋自欺也，如惡惡臭，如好好色，此之謂自謙，故君子必慎其獨也！小人閒居為不善，無所不至，見君子而後厭然，揜其不善，而著其善。人之視己，如見其肺肝然，則何益矣！此謂誠於中，形於外，故君子必慎其獨也。曾子曰：「十目所視，十手所指，其嚴乎！」富潤屋，德潤身，心廣體胖，故君子必誠其意。

《大學》

2.2.4 誠身有道：不明乎善，不誠其身矣。是故誠者，天之道也；思誠者，人之道也。

《孟子・離婁上》

語譯

要看意念是否真誠，先不要自己欺騙自己。就像厭惡腐臭的氣味，就像喜愛美麗的容貌，都發自內心，且快意滿足。所以，君子哪怕一個人獨處的時候，也一定要謹慎。小人私底下做着壞事，無所不為，一見到君子就躲躲閃閃，掩藏所做的壞事，吹噓所做的好事。殊不知在別人眼中，就像看透肺肝一樣清楚，掩飾有甚麼用呢？這就是說，裏面是怎樣的，一定會表現到外面來，所以，君子即使獨處也十分謹慎。曾子說：「眾人目光盯着你，眾人手指指着你，你說多嚴厲啊！」財寶讓一室生輝，品德讓一身美好。道德心靈擴充了，外表儀容就安泰美好，故君子做修養功夫必先從誠意入手。

說明

道德理性源於內在的真情實感，故「誠意」意味着情和理的完全合一。「慎獨」就是藉內心自我監察的方式把誠意落實，做到「毋自欺也」。

語譯

誠心誠意有其方法：善為何物也不懂得，那就無法把誠意落實在修養上來。所以，誠是上天的正理，追求誠意是做人的道理。

說明

誠是天道，思誠是人道，做好誠意正心，也就是認識天命，漸進於天人合一的境界了。

談一談

有這樣一個恐怖的故事。某甲下班回家，實在太疲倦了，準備梳洗一下，就上床睡覺。他對着浴室的鏡子，把冰冷的水抹在臉上。這時，他覺得脖子後有點癢，用手去摸，摸到一個很小的疙瘩。他以為是顆小粉刺，正要把它弄掉，卻摸到一處小口子。用指甲去刮，不一會刮起了一層皮。再把皮輕輕拉起，竟然是一張人皮面具。翻起後往鏡子一照，赫然見到一張極醜陋的臉，猙獰恐怖，令人不敢正視。他馬上把人皮合上，看看竟沒有一點痕跡。於是上床睡覺，第二天就把一切忘掉了。

他真忘掉了嗎？恐怕未必。一般人有一個習慣，就是很善忘，忘記自己的醜陋，也看不見自己的毛病和缺點，其實是自己欺騙自己。因此，意念變得虛偽不誠，心靈也偏頗不正。古人沒有解剖學知識，錯誤地以心為腦，他們談的心靈其實是指腦袋。可見思想感情這樣東西，雖近在方寸之內，卻總是難以探尋明白。不過，古人對於心知活動過程，是十分重視和仔細的。

古人對心靈活動過程的探討，首見於《大學》，故《大學》被稱為「入德之門」。當中有所謂「八條目」，即：格物、致知、誠意、正心、修身、齊家、治國、平天下。前段格、致、誠、正，描述心知的成長階段；後段修、齊、治、平，是力行實踐的階段。(2.2.1、2.2.2)

甚麼是格物、致知？就是透過心知和外間人、事、物接觸，逐步擴充知識，並加深對這顆心靈的了解。至於誠意，意就是意念、念頭，即腦海裏偶發的想法、情緒和記憶等。「情人眼裏出西施」「仇人見面分外眼紅」「低頭思故鄉」「悠然見南山」等喜怒哀樂之情，都是意念。不過，見情人而喜，見仇人而怒，因故鄉而哀，因南山而樂，這些情緒反應，並非無故自起的，都源自你的心理狀態。佛教《華嚴經》有一句話：「牛飲水成乳，蛇飲水成毒。」一樣的水，牛喝下變成牛奶，蛇喝下變成毒液。那不是水的問題，而是牛與蛇作出了不同的轉化。

人的情感意念也是這樣，往往受到欲望和主觀愛惡的操縱而不斷轉化，所以有時聽不見良知的聲音。例如對於「情人」或「仇人」，一個愛之欲其生，一個惡之欲其死。這個愛惡的反應掩蓋了心靈的是非判斷，令到心靈本來的美與善，無法呈現出來。所以盛怒之下，你會用最惡毒的語言，傷害你最心愛的人（如父母）。但這種憤恨的情緒是出自你的良知之心嗎？不是的。當時你會隱隱然覺得不對，事後你更加會後悔。只要你經常作出反思、反省，你內心的一點良知會告訴你，這些錯誤的行徑並非出自你的真情實感。如果你不加反省，久而久之，這顆良知心靈就被貪欲愛惡掩埋了，變得虛偽不誠，這叫做失其本心。

那麼，我們該如何擺脱愛欲的糾纏，然後把良知之心安頓下來呢？古代聖賢提供了一個辦法，就是每當心中產生一個念頭，就要看它是否道德心靈的真實呈現，這叫誠意。只要合於誠（真實）就加以扶持，如果出於貪欲之心就要把它壓下。久而久之，藉着意識和理性作為領航，對貪欲不斷加強控制，只要心念一動，就是道德心靈的真實反映。這時，一顆心靈就安頓好了（正心）；心正了，變得踏實了，不再是浮泛不定、惴惴不安了。反之，如果欲望和習染反客為主，讓四端之善沒有着落，這個人就跟披着人皮面具的禽獸相去不遠。

因此，古人講修養，先從誠意開始。誠意就是不要自欺，「如惡惡臭，如好好色」(2.2.3)，那是來自心底、來自良知的真實好惡之情。古人又提出了「慎獨」(2.2.3)，作為鍛煉和淨化心靈的機制。假設有 CCTV 時刻在監視着自己，教你一舉手一投足都守住本衷，不致被貪欲牽引開去，落得三天打魚，兩天曬網，一曝十寒，而終無所成。古人睡前有反思自己一天言行的習慣，這是一個存善去惡，去除品格上雜質的過程。也有人索性在床前擺放透明玻璃瓶和圍棋黑白棋子，凡日間動了好的念頭，即投入一顆白子，反之則投入黑子。一週下來，比較黑白子孰多孰少，以作警惕；又或加以登記紀錄，以觀察旬月後道德心靈活動的進展變化。同學們，你又可會一試？

想一想

有人說：老師強逼學生參與賣旗、義工等活動，這些行為等於從外植入，根本不是內心的真實反映，與誠意相去甚遠，要讓學生的心靈自由發展，自發行善才恰當。你認同這種說法嗎？

2.3

化性起偽

2.3.1 人之性惡，其善者偽也。今人之性，生而有好利焉，順是，故爭奪生而辭讓亡焉；生而有疾惡焉，順是，故殘賊生而忠信亡焉；生而有耳目之欲，有好聲色焉，順是，故淫亂生而禮義文理亡焉。然則從人之性，順人之情，必出於爭奪，合於犯分亂理，而歸於暴。

《荀子・性惡》

2.3.2 性者，本始材朴也；偽者，文理隆盛也。無性則偽之無所加，無偽則性不能自美。

《荀子・禮論》

人性是惡的，變成善是後天加工的。人的本性，一生下來就貪圖私利，順着這種本性，就出現了爭奪，而禮讓就破壞了；一生下來就妒忌憎恨，順着這種本性，就出現互相傷害，而忠誠就破壞了；一生下來就有視聽的貪欲，追求聲色娛樂，順着這種本性，就出現淫蕩荒唐，而禮義法度就破壞了。這樣看來，放縱人的本性，順着人的情欲，就一定會出現爭奪，再變為破壞秩序、擾亂法度，而最終導致暴亂發生。

荀子認為人性充滿着貪利、妒忌和情欲等，放縱它們就會擾亂禮義秩序，故必須「化性起偽」，將人類的情性轉化為符合禮義的規定。

人的本性，是一些天然材質，那是原始的、素樸的；後來的人為加工，就表現為禮法條理，那是豐富的、美盛的。沒有本性，那麼人為加工就沒有着落；沒有人為加工，那麼本性也不能自己變得美好。

自然的材質，例如木材、璞玉等，都可以進行加工，以提升價值。人性也是這樣。

2.3.3 凡人之欲為善者，為性惡也。夫薄願厚，惡願美，狹願廣，貧願富，賤願貴；苟無之中者，必求於外。故富而不願財，貴而不願勢；苟有之中者，必不及於外。用此觀之，人之欲為善者，為性惡也。

《荀子．性惡》

2.3.4 干、越、夷、貉之子，生而同聲，長而異俗，教使之然也。

《荀子．勸學》

2.3.5 今人之性，飢而欲飽，寒而欲暖，勞而欲休，此人之情性也。今人飢見長而不敢先食者，將有所讓也；勞而不敢求息者，將有所代也。

《荀子．性惡》

語譯

人之所以想為善，那是因為人的本性是惡的。正如微薄的希望豐厚，醜陋的希望美麗，狹窄的希望寬廣，貧窮的希望富有，卑賤的希望高貴；只要本身不具備，就一定會向外去追求。至於有錢人就不再羨慕金錢，做了大官就不用再追求權勢；因為本身具備了，就不用向外去追求了。由此看來，人們想行善，那是因為本性邪惡的緣故。

說明

人性既然是壞的，是甚麼動機讓人為善？荀子以「苟無之中者，必求於外」作解釋。

語譯

干、越、夷、貉之人，剛生下來時啼哭的聲音是一樣的，長大後風俗習尚卻不相同，這是教育讓他們如此。

說明

人性大抵上是相同的，後來有不同的表現，那是由於教育的緣故。

語譯

人的本性：餓了想吃飽，冷了想加衣，累了想休息，均出自本性。餓了看見長輩未吃，於是不搶着吃，這是為了謙讓；累了不敢先休息，這是為了要代替長輩勞動。

說明

荀子認為人類的道德行為並非源自本性，而是世俗規範和禮儀教養使然。

談一談

同學間互開玩笑，問你是奸惡的？抑或是善良的？你會怎樣回答？

究竟人性是怎樣的，這是中國文化一個古老的問題。古人最先有「食色性也」的說法。「食」，關乎維持生命；「色」，關乎延續生命。渴飲飢食，生兒育女，自然是人類以至所有動物的本能。食與色可以視為人性的一部分，但不是人類獨有的特性，人性中應該還有一些更根本的東西。人類既是萬物之靈，跟其他禽獸、草木，理應有着很大分別吧。

於是，這個老問題又引出了許多爭論。同是儒家的重要人物，孟子認為人性是善的，荀子則認為人性是惡的。為甚麼他們有這樣不同的看法？原來這跟他們觀察人的學習過程有關，就是：人為甚麼要學習？是把好的本性呈現出來？抑或是壓下不好的本性？

孟子說：「學問之道無他，求其放心而已矣。」（「求其放心」四字不好用廣州話來理解，否則太糟糕了。）他指出學習就是要找回失去的道德心靈。你看！這有多簡單直接！而且，這也是作為失主的你應盡的責任。打個比喻，等於說其實你早已擁有一個小金庫，就放在那裏，你把它扛回來好好花用吧！這時你突然驚覺：天！原來我是富二代，我早該把鈔票掏出來，買一台奔馳。當然，孟子説的不是鈔票，而是品德修養。

荀子為甚麼主性惡？因為他來自孔門一個十分重視「禮」的流派。他講「隆禮」，也就是要尊崇禮法。所謂「禮禁於未然之前，法施於已然之後」。禮和法，一重預防，一重禁止，歸根究柢，對人都是信任不足。為甚麼人不可信？追尋下去，你會發覺人性中有好利惡害和放縱欲望的成分。如果順從這些生理欲望和心理反應自由發展，人與人之間就容易產生衝突，社會變得大亂 (2.3.1)。

因此，荀子不是説人生下來就是邪惡的，而是從心理和欲望的可能發展結果去解釋性惡。他認為人心不可信，不可能具備孟子所講的四端之善。人心既分不出善惡，所以乾脆只管守禮，用禮來規範人類的生活，這樣才能化性起偽。「性」是壞的，「偽」是後天的加工。化性起偽，就是把璞玉打磨成拱璧的過程。

父母師長常常教我們不要做虛偽的人。但在荀子的哲學系統裏，偽是人為的加工，那代表知禮知義，是理想的行為模式。正如在學校裏，同學們要注意儀容、穿着整齊校服、上學守時、上課專心、尊敬師長、友愛同學、愛護公物等，這些都是禮的要求。學校讓學生從小守禮，由外向內逐步深化，由他律變成自律，再內化成為個人修養素質。這是一個由外而內的浸染過程。到了一天，就如「蓬生麻中，不扶而直」(《荀子．勸學》)，人的氣質修養亦自此穩定下來。

不過，常有搗蛋的學生會問：既然人心不可信，人心是壞的，也不懂得分辨善惡，那麼，人憑甚麼會棄惡從善，化性起偽？荀子說：「故必將有師法之化，禮義之道，然後出於辭讓，合於文理，而歸於治。」(《荀子．性惡》)換言之，一定要有師長和法度的教化，加上禮義的引導，然後人們才會懂得謙讓，遵守禮法，而社會最終趨於安定太平。正如在學校裏，有師長的指引，有校訓、校規、課程綱要的規管，那都是為了學生好，讓學生在理想的環境下好好成長。同學們必須給予信任。

同學還是不服氣，說師長是人，禮義也是人定的，既然人心不可信，怎麼能信師長、禮義呢？《荀子．性惡》說：「故不登高山，不知天之高也；不臨深谿，不知地之厚也；不聞先王之遺言，不知學問之大也。」不登上高山，就不知天有多高；不面臨深澗，就不知道地有多厚；不懂得古代聖王的遺教，就不知道學問的博大。聖人不是凡夫俗子，他們講的道理深刻透徹，大家好好學習一下，就會懂得天外有天，人外有人。

總之，孟子講性善，目的是鼓勵大家，給你信心，強調人性的尊嚴；荀子主性惡，目的是提醒大家，讓你警惕，強化了守禮的重要。譬如你遇到兩位老師，一位給你信心，說你本性良善，只要努力就可以敦品勵行；另一位給你鞭策，強逼你依着規矩，恪守紀律。你認為把你教好的機率哪個較高？

也許兩者都有成功的可能，關鍵是過程中有沒有愛與關懷。

想一想

某同學交通意外受傷，大家很難過，打算到醫院探望他，還寫了心意卡。你認為這種關懷和行動，是出於善良的天性，抑或後天的學習？

2.4 絕聖棄智

2.4.1 絕聖棄智，而民利百倍；絕仁棄義，而民復孝慈；絕巧棄利，盜賊無有。此三者，以為文，不足。故令有所屬：見素抱樸，少私寡欲，絕學無憂。

《老子・十九章》

2.4.2 五色令人目盲，五音令人耳聾，五味令人口爽，馳騁畋獵，令人心發狂，難得之貨，令人行妨。是以聖人為腹不為目，故去彼取此。

《老子・十二章》

2.4.3 不尚賢，使民不爭；不貴難得之貨，使民不為盜；不見可欲，使民心不亂。是以聖人之治，虛其心，實其腹，弱其志，強其骨，常使民無知無欲，使夫智者不敢為也。為無為，則無不治。

《老子・三章》

拋棄聰明智巧，人民可得到百倍好處；拋棄假仁假義，人民回到真正的孝慈；拋棄巧詐和貨利，盜賊也就沒有了。聖智、仁義、巧利這三樣都是偽飾，實無濟於事。所以要讓人們的思想有所歸依，就要：行為單純，保持淳樸；減少私心，去除雜念；拋棄俗學，為道無憂。

老子反對的是巧詐和虛偽的俗學，孝慈出於赤子天性，修道者當加以保持。

五顏六色，讓人眼花如盲；五音雜奏，讓人聒耳欲聾；五味紛陳，讓人舌不知甘；縱情打獵，讓人意亂心狂；珍稀玩好，讓人行為失常。故聖人致力溫飽而不慕聲色之娛，捨棄物欲而但求生存所需。

世人縱情物欲，致使常性盡失；老子教人不要作非分的貪求，才能讓心境平靜安泰。

不要過度抬舉賢能，使世人不爭名利；不看重珍奇財貨，使世人不去搶奪；不展現人人希冀之物，使民心不受惑亂。故聖人治理天下，首先淨化人們心靈，充實人們肚子，削弱人們私心，強健人們筋骨，讓人們常常無所私、無所欲；於是，那些自以為是的智者，也不敢妄為了。遵從無為之道，哪有治理不好的！

要把國家治理好，先要讓老百姓吃得飽，穿得暖，也要建立少私寡欲的社會風氣。

2.4.4 為學日益，為道日損。損之又損，以至於無為，無為而無不為。

《老子・四十八章》

2.4.5 彼竊鈎者誅，竊國者為諸侯，諸侯之門而仁義存焉。則是非竊仁義聖知邪？

《莊子・胠篋》

語譯 **追求學問，每天都在累積知識；從事修道，每天都在減少自己的私欲和妄見。減之再減，持續下去就接近於道的無為境界；達到了這種無為的境界，也就無所不能為了。**

說明 舉個例子說，很多人喜歡暴飲暴食，弄壞身子，就甚麼都不能吃了。反過來說，吃得清淡，注意健康，有時見到珍饈美味，也不妨多吃一點。世人總是貪多務得，多讀點《老子》清心寡欲一下，對身心都有好處。

語譯 **那些偷竊腰帶環鈎之類小東西的人，會被殺掉；至於竊奪了整個國家的人，卻成為諸侯。諸侯之家，就是仁義所寄託的地方。這不就是盜竊了仁義和聖智嗎？**

說明 小毛賊高買被抓，自然被捉到官府裏去。但俗語有云：「殺人放火金腰帶」，那些竊位奪國的盜賊、壞蛋，竊奪的不僅僅是國家和政權，還有那操縱道德、名教的權柄，於是「成者為王，敗者為寇」，盜賊忽然化身成為高不可攀的聖人。老莊講絕聖棄智，其理由亦基於此。

談一談

今天社會，父母總愛炫耀自己孩子是乖仔、聰明女。你也喜歡聽這樣的讚美嗎？

在古人眼中，他們追求的理想人格，是聖賢，是智者。聖賢是德行上的完人，智者等於智謀上的超人。

儒家不斷歌頌帝堯、帝舜、夏禹、商湯、周文王、周武王、周公、孔子等聖賢。堯舜禪位讓國，大禹治水，武王伐紂，周公制禮作樂，孔子修詩書、辦私學等；他們內有聖人之德，外施王者之政，在品德上、功業上，以至學術上，留下不少貢獻，成為中華民族的英雄典範。

法家則反對仁義孝悌的道德教條，重智不重德。例如韓非主張培養「智術之士」和「能法之士」(《韓非子·孤憤》)，他們懂策略、懂法治，在政治上具有敏銳的觀察力和辦事能力，是國之棟樑、國之能吏。

聖與智，代表了品格和能力。有趣的是，在老子眼中，這兩樣都不是好東西。有些人滿口仁義道德，其實是弄虛作假；有些人自作聰明，往往反被聰明誤。於是老子提出了「絕聖棄智」(2.4.1) 的觀點。不過，他並非反對一切智慧。老子本身正是一個充滿道家智慧的人。句中的「聖」「智」所以被棄絕，因為那是世俗人自以為是的「聖」和「智」，其實是品格上的虛偽和才智上的巧詐。

在老子的時代也好，在今天的世道也好，那些塗炭生靈卻又滿口仁義道德的霸權領袖，那些奸猾善變卻又機智過人的政治家，都大不乏人。他們賣弄聰明才智，自以為伸張正義，但帶給老百姓的卻是無窮的苦難。除此之外，口是心非、滿肚密圈的「聰明人」，更加比比皆是了。《戰國策》記載了呂不韋貪得無厭的故事。呂不韋在趙都邯鄲經商，遇到在趙國做人質的秦國公子異人。回家後，呂不韋問父親耕田可獲利幾倍？父親說十倍。又問販賣珠玉可獲利幾倍？父親說百倍。再問擁立一個國君，作為「造王者」，可獲利多少倍？父親回答不可以數計。呂不韋於是說耕田務農，尚未做到豐衣足食；若是建國家、立國君，獲利就可以無窮無盡了。這個故事告訴我們，人的聰明才智往往用於擴大貪欲，而貪欲之心是沒有止境的。

在老子眼中，人和萬物皆源於「萬物之宗」的「道」。人初生時，是「嬰兒」「赤子」的狀態，那是跟「道」最相似的。後來受到種種玩好、欲望和俗務的牽引，即所謂「五色令人目盲，五音令人耳聾，五味令人口爽，馳騁畋獵，令人心發狂」(2.4.2)，人的氣質、氣習就產生了變化。人生存在這種放縱欲望、醉生夢死、爾虞我詐的環境中，只會受盡痛苦和折磨，就如倒懸一般，無法自解。

故老子說：「為學日益，為道日損。」(2.4.4) 求道與求學是完全不同的過程。世人莫不追求博學多聞，智慧日進，這是「為學日益」。可惜世人這些貪欲和才智，正是一切煩惱的源頭，所以必須「為道日損」，「損之又損，以至於無為」。通過減擔的方式，把人的機智、機詐、機心減少，讓我們回復到自然、簡單、素樸的生活。

那麼，我們該做怎樣的人？該過怎樣的生活呢？老子說：「虛其心，實其腹，弱其志，強其骨。」(2.4.3) 那就是過着簡單素樸的生活，減少私欲，不慕名利，安守本分，親近自然。《莊子．人間世》也有「虛室生白，吉祥止止」的說法。「虛室」就是老子講的「虛其心」，要求心境保持虛靜，不被物欲所蒙蔽。而這顆心只要不填得太滿，當能純白空明，真理自出，好事迭至。「虛心」「虛室」說的都是心靈的平靜、虛空狀態。這跟儒家講的仁愛之心，或法家講的智術之心，完全是兩回事。無論儒家也好，法家也好，都強調心靈的強大能力。道家卻反其道而行，把心靈的機巧作用降到最低，騰出空間，迎接自然之道。

據說，南海的大帝名叫儵，北海的大帝名叫忽，中央的大帝叫渾沌。儵與忽常常到渾沌家串門子，渾沌總是熱情款待。儵和忽商量怎樣報答渾沌，說：「人人都有眼耳口鼻七竅，渾沌卻看不見、聽不進、吃不下、呼吸不到，多麼可憐！我們幫他鑿開七竅吧。」於是他們每天替渾沌鑿出一個孔竅，苦苦鑿了七天，渾沌就死去了。原來渾沌代表了道的樸素和自然狀態，七竅代表耳聰目明。《莊子・應帝王》這個寓言，給我們很好的啟示。人人競相追求聰明才智，沒有順應自然，那只會跟「道」相去愈遠，也愈近於死亡。

想一想

老子說：「為學日益，為道日損。」在你的學習與生活中，你認為有哪些事情必須增加？有哪些事情必須減少？你的想法符合道家的觀點嗎？

2.5 逍遙無為

2.5.1

北冥有魚，其名為鯤。鯤之大，不知其幾千里也；化而為鳥，其名為鵬。鵬之大，不知幾千里也；怒而飛，其翼若垂天之雲。

《莊子・逍遙遊》

2.5.2

且夫水之積也不厚，則其負大舟也無力。覆杯水於坳堂之上，則芥為之舟；置杯焉則膠，水淺而舟大也。風之積也不厚，則其負大翼也無力。

《莊子・逍遙遊》

2.5.3

若夫乘天地之正，而御六氣之辯（變），以遊無窮者，彼且惡乎待哉！故曰：至人無己，神人無功，聖人無名。

《莊子・逍遙遊》

北海有一條魚，牠的名字叫做鯤。這鯤魚真不知道大到有幾千里；變化成為鳥，名字叫做鵬。鵬的脊背也不知道有幾千里；奮起而飛，那展開的雙翅，就像天邊的雲朵。

鵬飛天上，需要借助巨大的風力，故從現實層面來說，鵬鳥是無法逍遙的。莊子描述鵬的龐大身軀和自由翱翔，其實是暗示超越的道和逍遙的心境。

水如果匯積不深，它就沒有足夠的張力浮載大船。把一杯水倒在堂前的窪地，那麼放入小草也可以當船；把杯子擱在上面就膠着不動了，這是水淺船大的關係吧。風（空氣）的聚積不夠雄厚，它就沒有足夠浮力承托起大鵬展翅了。

任何事物都不能完全擺脫物理條件、生存條件的限制而獨得自由。莊子引用船航仗水，鵬舉待風這些例子，可見他具有驚人的觀察力。他似乎已初步留意到水的張力和空氣的浮力作用。

倘能依循天地之道，順應自然的變化，遊賞於無窮無盡的心靈境界裏，那麼還要依賴甚麼呢！所以說，至人不執着於私念，神人不執着於功業，聖人不執着於俗世之名。

「逍遙」是一種適意自由的精神境界，它擺脫了名利、功業和己私等執着。至於「遊」的功夫就在於順應自然之道。人生總是變幻莫測，莊子教我們把欲望和期待降到最低，就能做到安時處順。

2.5.4 鷦[焦]鷯[遼]巢於深林，不過一枝；偃[演]鼠飲河，不過滿腹。

《莊子 · 逍遙遊》

2.5.5 今子有大樹，患其無用，何不樹之於無何有之鄉、廣莫之野？彷徨乎無為其側，逍遙乎寢卧其下；不夭斤斧，物無害者。無所可用，安所困苦哉？

《莊子 · 逍遙遊》

語譯 **鷦鷯在茂林中築巢，只佔一個枝兒；地鼠跑到河邊飲水，也不過喝飽肚皮就夠了。**

說明 人生在世，生不帶來，死不帶走，何必作非分的貪求？總之，知足常樂。

語譯 **現在你有這麼一棵大樹，還愁着它沒有用處，何不把它種植在那一無所有的地域、廣闊無邊的原野，寫意無憂地徜徉樹側，悠然自得地躺臥樹下？再沒人拿斧頭砍伐它，也沒有東西來傷害它。從不計較甚麼用處，又何來困苦呢？**

說明 世人無不講求有用，而輕視無用。但在莊子眼中，所謂有用，其實與世俗的貪求和欲望緊密連結着，這正是所有煩惱之源，足以損形傷神。相對來說，世人預設了的無用，其實反而有其大用。因為它不為世人所取，必然離開了種種欲望與貪求，更能符合自然之道的本性。就像那江上清風、山間明月，既取之不盡，也讓人賞心悦目。故此，平淡的人生並非一無所有，生活的許多寶藏，早已藏在我們身邊，等待我們發掘。

“談一談

老子講的「道」，是宇宙萬物的最高運行原則，一套順任自然的永恆真理。它指導着萬物發展，成為萬物的德性，那就是「無為而無不為」。這個道，好像是無所作為似的；但萬物都因道而生，恃道而長。它不會偏幫誰，也不會阻遏誰。日月的運行，四季的代序，植物的枯榮，人類的繁衍，自然而然，順應變化，生生不息。從這個角度看，道的確是無所不為的。

到了莊子，他把討論的方向轉到人的修養上，主要講人的精神自由。他提倡「逍遙」，就是生活上的無拘無束，精神上的適意自由，也是「道」那種自然無為機制的生活化、具體化。

原來萬物（包括人）雖然生於道，但自生成那天開始，就與道分離了。可惜世人大多不懂得向道回歸，過着合於道的生活。他們追名逐利，講求有用，以為這樣可以得到快樂和滿足，結果帶來更大限制，跟道的自然無為相去更遠。那些名韁利鎖，把人牢牢套住，使人難以擺脫，身心疲累，苦不堪言。故此，莊子對於名利的禍害，尤其加以警惕。

一次，惠施以為莊子來到梁國，是跟他爭做宰相，於是派人大舉搜捕莊子。莊子卻大搖大擺去找惠施，説：「南方有一種鳥叫鵷雛，由南海飛到北海去，不是梧桐樹牠不棲息，不是竹子的果實牠不吃，不是醴泉的水牠不喝。這時一隻貓頭鷹找到一隻腐臭的鼠屍，仰頭而望，鵷雛剛剛飛過，貓頭鷹擔心鵷雛來搶，就大喊一聲：『嚇！』—— 惠施啊惠施！你也要拿梁國的相位來嚇唬我嗎？」(《莊子・秋水》) 莊子以潔身自愛的鳳凰自比，旨在説明他敝屣功名，絕不貪圖甚麼世俗名利。

然而，人可以放下所有限制，達到絕對的自由嗎？那當然不能。我們必然受到種種客觀條件、生活條件以至個別因素的限制。例如：小鳥決起而飛，仍得借助空氣的浮力；芥草浮於水上，也得借助水面的張力。寒蟬壽命活不過秋季；壽星公彭祖的生命始終有個盡頭。到郊外旅行，得預備幾個麪包裹腹；攀登珠穆朗馬峰，就得準備幾個月的糧食。大家的限制雖有不同，卻都是無可避免，也無可奈何的。只要認識生命和生活必然有這些限制，我們仍可以坦然面對，不會引致極大的苦惱。

人的最大苦惱，源於自己給自己製造了更多的局限，就是一個又一個的期待和欲望。人只要多欲多求，就必然不能自足，向外有更多的依賴。例如求名（排名、獎項），求利（薪酬、營利），求取功業（考試、業績）等，於是人、事、物之間互相依存，互相競逐，形成了一張張羅網；人們置身其中，彼此都成了無法自主的網中人，不僅身體受到約束，心靈也受盡煎熬。

莊子認為人要超越這些限制，只好練成「遊」的功夫，那就是遊心於物外。所謂「至人無己，神人無功，聖人無名」(2.5.3)，只要不執着於名利、功業和個人私心，順任自然，即可達到精神上的自由，如大鵬翱翔於九萬里之上。

惠施曾藉大樹的大而無當，成不了木材，嘲諷莊子逍遙論的誇大和無用。莊子借力打力，反駁說：「你難道沒見過那些野貓嗎？牠有多機智，埋伏着身子，捕捉小動物；東跳西躍，不避高低，如入無人之境。獵人正好抓住牠這個特性，設下機關，一舉獵獲，讓牠死於網中。可見聰明正被聰明誤！今天你有一棵大樹，你不用擔心它的不材和毫無用處，這正正是它的生存之道。你何不把它種植在一無所有的地域、廣大的原野上，任情地徜徉在它的旁邊，自由自在的躺在樹下逍遙快活？」(2.5.5) 當中「無何有之鄉」「廣莫之野」，説明逍遙並非存在於世上某個真實地方，而是指一種與道相往還的精神境界。而「彷徨乎無為其側，逍遙乎寢卧其下」，正是這種逍遙境界的形象描述。

同學們，你讀過賈島《尋隱者不遇》，柳宗元《始得西山宴遊記》，或者莊子《養生主》嗎？

隱者「只在此山中，雲深不知處」的身影，柳宗元在西山頂上「心凝形釋」的賞物情懷，庖丁解牛時「謋然已解」的躊躇滿志⋯⋯這些描述都印證了莊子逍遙適意的境界。

想一想

世人追名逐利，莫不講求有用。從道家角度來看，這種態度有甚麼不妥？

要了解一個人的品德十分困難。因為人的言論、行事，往往跟內心並不一致。在古代，卻發明了根據個人品德高下而授予官職的制度。漢武帝時就設立了「孝廉」（孝順、清廉的意思）的察舉考試，作為任用官員的根據。

馮夢龍《智囊・雜智部》抄錄了兩個故事：

原文 東海孝子郭純喪母，每哭則群烏大集。使檢有實，旌表門閭。復訊，乃是每哭，即撒餅於地，群烏爭來食之。其後數數如此，烏聞哭聲，莫不競湊。非有靈也。

譯文 東海郡孝子郭純母親死後，每次哭母都有雀鳥群集。官府派人檢查，證明屬實，於是樹立牌坊，加以表彰。後來官府再次查證，原來孝子每次哭母，都先在地上撒上餅碎，故此群鳥聚集爭吃。經過幾次訓練後，群鳥一聞哭聲，沒有不群聚等待食物。這不是孝子感動上天而顯靈啊！

原文 河東孝子王燧家，貓、犬互乳，其子言之州縣，遂蒙旌表。訊之，乃是貓、犬同時產子，取其子互置窠中，飲其乳慣，遂以為常。

譯文 河東孝子王燧家裏，貓與狗交換小貓、小狗來哺育。其兒子報告州縣長官，於是得到官府表彰。其後官府查證，其實是他家的貓與狗同時產子，家人將小貓放在狗窩裏，又將小狗放在貓窩裏，互相吃慣了奶，於是習以為常。

《韓非子・難三》也記載了春秋時期鄭國著名政治家子產的故事：

原文 鄭子產晨出，過東匠之閭，聞婦人之哭，撫其御之手而聽之。有間，遣吏執而問之，則手絞其夫者也。異日，其御問曰：「夫子何以知之？」子產曰：「其聲懼。凡人於其親愛也，始病而憂，臨死而懼，已死而哀。今哭已死不哀而懼，是以知其有姦也。」

譯文 鄭子產早上出門，經過東匠閭一戶人家門前，聽見婦女哭聲。子產按住車夫的手，示意停車，仔細聽着。一會，子產派人把那個婦女抓來審問，得知她親手絞死丈夫。車夫後來問子產怎樣知道。子產解釋，但凡親愛的人病重，於初病、臨死、死亡此三個階段，親人分別有擔心、恐懼、哀傷等不同表現。現在她的丈夫死了，她的哭聲卻如此恐懼，表現有違這個常理，所以猜到當中必有隱情。

第一問

《智囊》兩個故事是否說明了表彰善行、宣揚仁義，只會適得其反，讓風俗變得浮薄虛偽？

第二問

子產憑着其多疑善察，得知婦人殺夫隱情，所以有人提出以下兩種觀點：

1. 人性是惡的，我們待人處事要存着懷疑，不能給予信任。
2. 人性是善的，儘管有人犯錯，但多數人都奉公守法和樂於助人；我們對人要給予信任。

你認同以上哪一種觀點？

《智囊》兩個故事是否說明了表彰善行、宣揚仁義，只會適得其反，讓風俗變得浮薄虛偽？

就着這一問，社會表彰善行、宣揚仁義，有人認為只會適得其反，讓風俗變得更加浮薄虛偽。

正如馮夢龍《智囊》的兩個故事，孝子孝感動天，動物的行為竟然也受到影響。郭純喪母而哭，感動群鳥聚集觀看；王燧家中貓犬互相哺乳，發揚了主人的慈孝精神。朝廷當初查證後，頒令樹立牌坊，加以表揚。後來才知道兩人弄虛作假，目的是騙取朝廷賞賜。漢武帝推崇儒學，自此朝廷最重品德，孝順、廉潔是做人和做事的基礎，尤其受到重視。利祿之門既開，有些狡猾之輩弄虛作假，以圖獎賞，實不足為奇。於是，社會上出現了虛偽的風氣。

不過，有人認為作弊的始終是少數，正如兩個故事中的所謂孝子，最後均被人識穿真相。我們不應因為有人作弊，就停止鼓勵善行，反而應該堅持進行。尤其今日社會資訊和科技發達，能夠作出有效監察。只要重視德行的社會風氣一旦形成，人人均自發行善，則虛偽浮薄的風氣，當能逐步遏止。

當然，更多人認為表彰善行、宣揚仁義，有其正面的價值和意義。朝廷鼓勵社會群眾重視品德修養，當能誘發人們的良好德性，形成一種敬長慈幼的社會氛圍，並起着風行草偃，移風易俗的積極作用。一旦國家加強道德教育，以禮教人，人人自覺共同遵守，從而擴大了禮教規範人們行為的影響力，這是事半功倍的做法。

另一方面，也有人指出人心之不同，各如其面，人的行為操守往往涉及主觀，欠缺客觀的標準。以此作為考試手段，亦欠公允。尤其在重視禮教的社會，任何人均不敢挑戰禮教的神聖地位，於是行禮如儀、陽奉陰違者，往往獲得好處；至於情感直率、特立獨行的人則受盡攻擊。

子產憑着其多疑善察，得知婦人殺夫隱情，所以有人提出以下兩種觀點：

❶ 人性是惡的，我們待人處事要存着懷疑，不能給予信任。

❷ 人性是善的，儘管有人犯錯，但多數人都奉公守法和樂於助人；我們對人要給予信任。

你認同以上哪一種觀點？

單就子產察姦一事，即據此推斷人性是善抑惡，這是一般人取樣偏誤、以偏概全的通病。固然，婦人殺夫一事説明了人會犯錯，以至犯法，這必須受到責罰，甚至受到法律的制裁。至於婦人何以殺夫，可能基於獲取不可告人的利益，或不堪丈夫受到惡疾折磨，或出於抵抗家庭暴力；原因不一定與人性之善或人性之惡有關。同樣，着眼於社會上有許多奉公守法、樂於助人的人，就説人性是善的，這個説法也難以成立。反過來，説社會上有許多壞人，於是歸納出人性本惡的結論，這也不合理。

關於人性善惡的問題，這裏暫且不作詳細討論。據進化論的一種説法，人類祖先由森林走出草原，面對種種猛獸，於是人性中發展了一些兇殘惡暴的本能，以加強人在惡劣環境下的求生能力；同樣，隨着人類社會性的提高，基因中又加強了互助合作的本能也未可知。故此，人性善惡的討論，涉及人類學、醫學、哲學，以至宗教信仰的範疇，意見不同，難有定論。現僅從人性善惡的可能影響方面作出觀察：

倘若認同觀點一：人性是惡的，我們待人處事要存着懷疑，不能給予信任，這固然是有其根據的。人各自私，如果盲目地絕對相信別人，在現實社會上總會吃虧。但我們也有關愛的親人和真摯的朋友，處處存着懷疑，只會傷害彼此感情，讓人際關係變得冷漠。

倘若認同觀點二：人性是善的，儘管有人會犯錯，但社會上絕大多數都是奉公守法、樂於助人的人，故我們對人要給予信任。因為人與人之間，許多問題都是源於互不信任。只要你肯拋出橄欖枝，對方也必願意伸出友誼之手。在互利共贏的基礎上，人性的美好一面，將會得到充分的發揮。然而，毫無保留的信任是不可取的。人與人之間的互相信任，應在彼此共事間慢慢建立起來，經年累月，愈見其深。我們把這種信任，稱為交情。

人性之善惡，既不可知；行為表現上有善有惡，則是事實。人與人之間的合作，實無法避免，故互不信任，勢所不能；適度加強互信，才是正確方向。

第三章

慎思・持戒

消除偏蔽

專心致志

警惕省己

過而能改

養心寡欲

很多同學都聽過「博學之、審問之、慎思之、明辨之、篤行之」這句話。當中五項修己為學的法則出自《中庸》，含意是：「廣博的學習，仔細的發問，謹慎的思考，明白的辨別，篤實的踐行。」

宋朝朱熹辦白鹿洞書院，就以「博學、審問、慎思、明辨、篤行」作為書院的學規（又稱《白鹿洞書院揭示》）。當然，這個學規還包括了其他方面，例如確立了五倫設教（父子有親、君臣有義、夫婦有別、長幼有序、朋友有信）的教育目標；學（博學）、問（審問）、思（慎思）、辨（明辨）、行（篤行）的為學之序；又以言（言忠信）、行（行篤敬）、懲（懲忿窒欲）、遷（遷善改過）等篤行之事作為修身之要等。朱熹死後，許多書院都承襲了這個學規繼續講學，把它作為教育人才的重要守則。

朱熹在學規中解釋，古代聖賢教人讀書學習的目的，不是貪多務得、雕章琢句、沽名釣譽或謀取利祿；而是讓大家懂得讀書明理（學問思辨），懂得實踐篤行（言行懲遷），成為對社會有用的人才。他又指出那時一些學堂雖有規則，但並不足夠，也不符合聖賢的想法。於是當世一些學子，往往違背了聖賢的教導。其實聖賢的教誨，在經典中都記載得很清楚，沒有必要另搞一套。所以，他訂立的學規，都是從歷代經典或聖賢話語中，挑選出來的名言嘉句。朱熹主張把學規貼在門楣上，讓學子共同研讀，一起遵守，在思考和行動之際，提高警惕；只有嚴格要求，大家才會有所戒懼。自此之後，這些守則很快就成為南宋書院的統一學規，也是元、明、清三朝書院學規的範本。據說今天在日本、朝鮮、東南亞各國的一些學校裏，《白鹿洞書院揭示》仍然被奉為校訓，稱為「白鹿洞精神」。

今天社會，科技進步，知識爆炸。每一個人掌握的技術和知識，足以造福社會，也足以破壞社會、為禍社會。故此，古代聖賢所教導的為學做人道理，在這個依賴網路搜尋多於就教權威的網路世代裏，顯得尤為重要。同學們，大家不妨把這些學規張貼在教室或案頭，共同研讀，一起學習，一起遵行。

3.1 消除偏蔽

3.1.1

故為蔽：欲為蔽，惡為蔽，始為蔽，終為蔽，遠為蔽，近為蔽，博為蔽，淺為蔽，古為蔽，今為蔽。凡萬物異則莫不相為蔽，此心術之公患也。

《荀子．解蔽》

3.1.2

井蛙不可以語於海者，拘於虛也；夏蟲不可以語於冰者，篤於時也；曲士不可以語於道者，束於教也。今爾出於崖涘，觀於大海，乃知爾醜，爾將可與語大理矣。

《莊子．秋水》

語譯　甚麼東西會造成蒙蔽？愛好、憎惡、只看到開始、只看到終了、只看到遠處、只看到近處、知識廣博、知識淺陋、只了解古代、只知道現在，都會造成蒙蔽。事物與事物之間存在對立面，無不會互相造成蒙蔽，這是思想方法上一個共同的毛病啊！

說明　好惡愛憎、觀點角度、知識學養，都會導致認識上的片面和局限。

語譯　井中之蛙，你無法跟牠談論大海，因為牠受到處境的局限；只活在夏天的蟲子，你無法跟牠談論冬天的冰冷，因為牠受到時間的局限；識見淺薄的人，你無法跟他談論大道，因為他受到世俗學養的局限。如今你從海邊回來，終於見過大海了，應該知道自己的鄙陋吧，你現在可以參與談論大道了。

說明　置身的環境、時代、教育背景都會造成蒙蔽，要打破這些局限，就必須開拓眼界和胸襟，以接納不同意見。

消除偏蔽

3.1.3 **子絕四：毋意、毋必、毋固、毋我。**

《論語・子罕》

3.1.4 **子曰：「由！誨女知之乎！知之為知之，不知為不知，是知也。」**

《論語・為政》

3.1.5 **左右皆曰賢，未可也；諸大夫皆曰賢，未可也；國人皆曰賢，然後察之；見賢焉，然後用之。**

《孟子・梁惠王下》

孔子斷絕了四種毛病：不瞎猜，不武斷，不固執，不自以為是。

孔子提出「四毋」之教來校正思維。「毋意」是消除主觀臆度；「毋必」是排除過去經驗的支配作用；「毋固」是去除自己的傲慢和偏執；「毋我」是避免自我中心，絕不以個人嗜好、得失和利益為處事準繩。總之，必須把自己的主觀、固執、驕傲、片面等不良因素掃除出去，才能正確認識自己的限制，讓自己變得客觀和公正。

孔子說：「子路，我告訴你甚麼叫求知吧：知道就是知道，不知道就是不知道，這就是真正的『知道』。」

無知並不可怕，可怕的是強不知以為知。明明自己一知半解，卻自以為是，以為自己甚麼都懂得了，於是無法虛心學習，帶來求知上的障礙。孔子教導我們必須承認自己的不知和不足，才能促使自己不斷去求知，不斷去進步。

即使身邊大臣都說這人賢能，不要馬上相信；滿朝官員都說這人賢能，還是不可盡信；等到老百姓都說這人賢能，然後去審察他；看出這人的確賢能，這才重用他。

身邊人的蒙蔽，以及從眾的想法，都會導致偏蔽和誤解。故作為領袖，必須不受唆擺，仔細審察，冷靜分析，量才而用，才能做到公平和公正。

談一談

據說，有這樣一段禪門公案。一天，醜女與和尚一同渡河。和尚無意間瞄了醜女一眼，醜女勃然大怒：「身為出家人，光天化日之下，竟敢偷瞧良家婦女！」和尚聽了，嚇得閉上眼睛。醜女愈氣：「你不但看了，還在默默想着呢！」天！哪有這樣不講道理。和尚快羞得無地自容，只好別過臉去。醜女叉起雙手，連聲斥道：「好！你無臉見我！一定心中有鬼！」

這個故事，講的是執着於偏見、成見。人一旦陷入其中，就看不見真像，聽不進其他意見。他總是朝着同一方向想，見其所想見，聽其所想聽，去符合自己的預期。他人無論怎樣解釋，也是無濟於事。

可見，人總認為真理在自己手中，於是產生許多偏執和蒙蔽。

先秦諸子都批評世人存在偏蔽。《荀子・解蔽》開宗明義就說：「凡人之患，蔽于一曲，而闇于大理。」人往往偏執己見，自以為是，反而昧於真理。莊子也說：「小知不及大知，小年不及大年。」（《莊子・逍遙遊》）朝生暮死的蟲子，無法理解一個月的概念；夏生秋死的寒蟬，活不過一季，怎會懂得何謂一年？莊子用

「小年」來諷刺思想閉塞的下士，囿於所見（小知），結果無法認識真理（大知）。人們遇到不同意見時，每每採取一種抗拒的態度，甚至加以冷嘲熱諷或惡意歪曲等。怪不得老子說「下士聞道，大笑之」(《老子·四十一章》)了。

這些偏蔽成見一旦形成，就牢不可破。《列子·説符》用寓言的方式，指出偏蔽作祟的威力。某人丟失了斧子，單憑主觀想法就妄下結論，懷疑是鄰居孩子偷了。於是覺得那個孩子總是賊眉賊眼。走路，像偷斧子的；神色，像偷斧子的；説話，也像偷斧子的；一舉一動，都像個小偷。後來，他在山上找回那把斧子。過了幾天，又見到鄰家的孩子，那個孩子的動作神態就沒有一點像小偷了。由此可見，我們往往受到主觀成見的影響，或歪曲了客觀事物的原貌，或妨礙了對客觀真理的認知。

偏蔽有時源於偏心，即對於特別喜愛的事物的偏愛；有時源於憤怒和報復心理，將自己的失意或挫折，投射到認定的出氣筒身上，結果影響了判斷，誤人累己。《搜神記》就記載了秦巨伯偏執惹禍的故事，結局十分悲慘。秦巨伯喝醉了酒趕夜路，經過蓬山廟，忽然看見兩個孫子跑來迎接他。兩人攙扶着他一陣子，接着就把他推在地上，説：「老奴才，那天用棍棒打我們，今天我們就宰了你！」秦巨伯幾經艱苦回到家中，正要懲罰兩個孫子。

兩人連連叩頭否認，説恐怕是鬼魅作怪。過了幾天，秦巨伯假裝喝醉，來到廟裏，兩個「孫子」又走來攙扶。秦巨伯就一下子把他們抓住，果然是兩隻鬼魅。秦巨伯正要拿火來燒烤他們，可惜最終給他們逃走了。秦巨伯懷恨於心，一天又假裝醉酒趕路，懷裏卻揣着刀子。家人見他深夜不歸，派兩個孫子去尋找他。秦巨伯認定他們是鬼魅，竟然殺了兩個孫子。這個故事所以恐怖，因為它真實。這種偏見、偏心是你和我所不能避免的，就像每個人的心都一定偏在左邊。

偏蔽有時來自迷信或信念。聽説澳洲某土著部落的人不能吃香蕉，一吃準死無疑。他們對此深信不疑，所以從來不吃香蕉。為了證明此事虛妄，有人把香蕉偷偷混在食物裏面。某土著吃後，竟安然沒事。過了兩天，告知真相，土著馬上臉色慘然，晚上就死了。偏蔽、成見的害人，一至於此！

總之，人往往活在偏蔽當中，受到局限而不自知，或以偏蓋全，或偏執己見，成了陷井之蛙，做出許多愚蠢和魯莽的行為。孔子的「四毋」之教 (3.1.3)、孟子「國人皆曰賢，然後察之」(3.1.5) 的求真精神，都是對治人們主觀、偏執、武斷等的良藥。

據說，曾有一位學者向南隱禪師問禪。南隱甚麼也沒說，一味請他喝茶。提壺沏茶時，不覺茶水已溢。學者急道：「大師，茶水已經漫出來了，不要再倒了！」南隱說：「你就像這杯子一樣，裏面裝滿了你自己的想法。你不把杯子空掉，教我如何為你說禪？」

盛滿水的杯子再不能添茶，頭腦中充滿了偏執，就只會排斥其他意見。

要想領悟真理，求得真知灼見，必先排除種種偏執和雜念。

希望大家都能除去偏見，真實地看待這個世界。

想一想

偏蔽對你的學習有甚麼影響？你認為自我警惕、觀察分析、加強學習這三者中，哪一樣對糾正偏蔽最有幫助？

3.2 專心致志

3.2.1 弈[亦]秋，通國之善弈者也。使弈秋誨二人弈，其一人專心致志，惟弈秋之為聽；一人雖聽之，一心以為有鴻鵠[酷]將至，思援弓繳[爵]而射之。雖與之俱學，弗若之矣。為是其智弗若與？曰：非然也。

《孟子 · 告子上》

3.2.2 人一能之，己百之；人十能之，己千之。果能此道矣，雖愚必明，雖柔必強。

《中庸 · 二十章》

3.2.3 故人心譬如槃[盤]水，正錯而勿動，則湛[沉]濁在下，而清明在上，則足以見鬒[診]眉而察理矣。微風過之，湛濁動乎下，清明亂於上，則不可以得大形之正也。……自古及今，未嘗有兩而能精者也。曾子曰：「是其庭可以搏鼠，惡能與我歌矣！」

《荀子 · 解蔽》

語譯 弈秋是列國聞名的下棋聖手，讓他教兩個人下棋。甲一心一意，只聽弈秋的話。乙呢？雖然聽着，可心裏卻想着有隻天鵝快要飛來，要拿起弓箭去射牠。這樣，即使乙跟甲一道學習，乙的成績也一定不如甲的。是因為乙的聰明不如甲嗎？當然不是這樣的。

說明 專心做好一件事，較易成功；三心兩意，坐這山、望那山，終一事無成。

語譯 別人學一遍就學會了的，我學他一百遍；別人學十回就學會了的，我學他一千回。果真能夠這樣做，即使是個笨人，也會變聰明的；即使是個柔弱的人，也會變堅強的。

說明 把才智用在一點上，堅持下去，累積經驗，加強認知，當能突破能力的限制。

語譯 人的思想就如盤中水，靜靜放着不去攪動，那麼渣滓就沉澱在下，清水居於其上，足以照見眉毛和皮膚紋理。微風吹過，翻起沉澱的渣滓，清水就被攪亂，那就身體也不能照見了。⋯⋯從古到今，從來沒有一心兩用而能把事情做好的人。曾子說：「唱歌時拿着那打節拍的棒子，心裏卻想着用它來打老鼠，又怎麼能一起唱歌呢？」

說明 但凡做事，必須專一，不受擾亂；三心兩意，精神分散，做甚麼都不會成功。

3.2.4 孟子曰：「有為者，辟若掘井；掘井九軔[刃]，而不及泉，猶為棄井也。」

《孟子・盡心上》

3.2.5 臣之所好者，道也；進乎技矣。始臣之解牛之時，所見無非牛者；三年之後，未嘗見全牛也。方今之時，臣以神遇而不以目視，官知止而神欲行。

《莊子・養生主》

3.2.6 大馬之捶鉤者，年八十矣，而不失豪芒。大馬曰：「子巧與！有道與？」曰：「臣有守也。臣之年二十而好捶鉤，於物無視也，非鉤無察也。是用之者假不用者也，以長得其用。而況乎無不用者乎？物孰不資焉！」

《莊子・知北遊》

孟子說：「做一件事情，好比掘口水井。挖了深達九仞，還挖不到泉水，仍然是口廢井。」

為學也好，做事也好，要持之以恆，不可半途而廢，否則前功盡棄。

我所愛好的是道，這不僅僅是宰牛的技術了。我開始宰牛時，顧着的是眼前整頭牛；三年以後，已不見全牛。到了今天，我憑感覺去接觸而眼無所見，棄用感官而凝聚精神。

庖丁自述體道方法，就是放下心靈手巧、耳聰目明，凝聚精神，順應自然之道。

大司馬家有個善於鍛打寶劍的工匠，年已八十，他鍛打的寶劍，總是分毫不差。大司馬問他：「你這是技巧呢？還是憑道術呢？」老人說：「我憑的是專注。我二十歲時就愛上鍛打寶劍，對於別的事物不屑一顧，不是寶劍就不會引起我的專注了。我借用了關心其他事物的時間，都投放在鍛劍之上，所以我可以不懈地做好這件事。何況還可借助那無所不通的大道呢！萬物誰不借助於它呢？」

心無旁騖，專注一事，始能化無用為有用。

“談一談

專心致志是一種定力功夫。做人也好，處事也好，必須專注集中，且持之以恆，方能學有進境。

弈秋教導兩個弟子習棋（3.2.1），一個專注，一個分了心，結果就不一樣了。難道這是由於智力因素？當然不是的。專注之外，還要有恆。孟子有一個叫高子的弟子，學了幾天道，又要跑去學別的。孟子跟他說：「山坡的小徑，只能容得下雙腳走過。要是經常去走它，就會變成了一條路。可稍隔幾天不走，又會被茅草蔽塞了。現在你的心正是被茅草堵塞住了！」（《孟子·盡心下》）路是靠雙腿踏平茅草走出來的，智慧是用心修道壓住了習染才能呈現的。故此，學貴有恆，始能茅塞頓開。

據說，孔子曾經向師襄子學習彈琴（《孔子家語·辨樂解》）。一段時間後，師襄子說：「你已學會了這首琴曲，可以學點其他的了。」孔子聽了，並不急着學其他，回答說：「我還沒有學好彈奏的技巧啊。」一段時間後，孔子掌握了彈奏技巧。師襄子說：「可以學點別的了。」孔子回答：「可我還沒有了解曲子的旨趣啊。」到掌握曲子的旨趣了，師襄子又叫孔子學點別的。可孔子依然繼續鑽研，說：「我還未曉得它歌頌的是誰啊。」孔子又專心致志學習。有一天，孔子憑高眺遠，若有所思地說：「我知道琴曲歌頌誰的了。他身材修長，胸襟廣闊，目光遠大。若不是周文王，誰能如此啊！」師襄子聽了，十分驚訝，立刻離開坐席來到夫子面前，鞠躬說：「君子，你真是無所不通的聖人啊，此曲正是《文王操》！」孔子專心致志學琴，鍥而不捨，層層深入，盡得精微之處。可惜世人多缺乏這份求學的定力。

道家主凝神守靜，是求道的功夫，講的也是定力。世人受盡物欲的誘惑，精神渙散而無法集中，心靈外騖而紛擾不安。故此，道家主靜，要讓疲累的心靈安定下來，達到養生的目的。

心靈的紛紛擾擾，相信很多人都經歷過。所謂「憧憧往來，朋從爾思」（《周易・咸卦》），心裏不安，思想不定，讓人煩擾困惑，疲累不堪。《酉陽雜俎》記載了一個既警世又可怕的故事。唐代天寶年間，一位年輕人在酒樓認識了道士顧玄績，兩人漸漸熟悉起來。這天，顧玄績說：「我燒煉的金丹已經八轉了，在關鍵時候需要一個助手。我觀察你為人沉靜，想麻煩你今晚幫忙守着丹爐。但有一件事，其間你必須意志專一，抵住誘惑，不能說一句話。」於是兩人一起登上嵩山太清觀。到了傍晚，道士交帶說：「五更時會有邪魔誘惑你，千萬別說話！」年輕人眼觀鼻、鼻觀心，一宵無話。到了五更，忽有幾名衛士吆喝回避，年輕人卻寂然不動。一會兒，一大班衛隊簇擁着一位國王進來，問他為何不作回避。年輕人記着道士吩咐，不作一聲。國王大怒，喝令左右斬了他。年輕人下了地府，受盡折磨也不作聲，後經歷輪迴，托生在一個商人家裏，長大以後，冥冥中像記着甚麼，竟不說一句話。父母為他娶妻，夫妻恩愛。一天外遊時遇賊，賊人抓住妻子威脅他，他怎麼也不答話。賊人先後把妻子和他殺了。又經歷輪迴，轉生成一個女子。父母見「她」是一個啞巴，把「她」賣給一個屠戶。「她」跟屠戶生了三個孩子。一天，屠戶喝醉大罵：「你從不說一句話，這些孩子留着何用？」就把孩子一個一個殺死。「她」基於母愛的自然反應，失聲驚呼。這時，天旋地轉，瞬間回到太清觀中；經歷三生三世，原來只是彈指間事。只聽那丹鼎破裂有如雷震，金丹已經盡毀。可見專一守靜並非易事，除了抗拒外來誘惑，也要抵住自己的心魔。

講到專一守靜，莊子曾虛構出一個「佝僂者承蜩」的故事（《莊子・達生》）。一次，孔子經過楚國一片樹林，看見一個駝背老人正在用長竿子捕蟬，他捕蟬的樣子就好像是在地上拾取東西一樣容易。孔子說：「先生真靈巧啊！有甚麼門道嗎？」駝背老人說：「門道倒是有的。當初我在竿頭上疊起兩個彈丸，經過五六個月的練習，彈丸不會墜落，那麼失手的次數已經很少了。疊起三個彈丸而不墜落，那麼失手的情況十次中只有一次。疊起五個彈丸而不墜落，捕蟬就如探囊取物了。我立定身子，猶如一橛木樁；我舉臂執竿，就像枯木的枝椏。任那天地廣闊，萬物紛繁，我一心只寄託在蟬的翅膀上。我絕不左顧右盼，萬物也無法擾動我的心神，然後迅猛一擊，又怎麼會不成功呢？」孔子回頭跟弟子解釋，箇中關鍵正是「用志不分，乃凝於神」。凡事只要靜心專注，排除外界一切干擾，就能把精神凝定下來。這不單是捕蟬的道理，也是修養的道理。

想一想

孟子講的專心致志，是把注意力集中在學習上；莊子講的用志不分，是把渙散的精神凝聚下來，去體會生命，體會道家的玄理。你認為在學習鋼琴和學習游泳兩個情境中，分別以哪一位的說法較為有用？

3·3 警惕省己

3·3·1 曾子曰：「吾日三省吾身：為人謀而不忠乎？與朋友交而不信乎？傳不習乎？」

《論語 · 學而》

3·3·2 司馬牛問君子。子曰：「君子不憂不懼。」曰：「不憂不懼，斯謂之君子已乎？」子曰：「內省不疚，夫何憂何懼？」

《論語 · 顏淵》

3·3·3 孔子曰：「君子有九思：視思明，聽思聰，色思溫，貌思恭，言思忠，事思敬，疑思問，忿思難，見得思義。」

《論語 · 季氏》

曾子說：「我每天多次反省自己：幫人家做事是否不夠盡心？跟朋友交往是否不夠誠信？老師傳授的學業是否已溫習了呢？」

我們每天對自己的存心、行事和人際交往，都要不斷作出反省。

司馬牛問怎樣才是君子。孔子說：「君子不憂愁，不恐懼。」司馬牛又問：「不憂不懼，這就叫做君子了嗎？」孔子回答：「反省自己平日所為沒有愧疚，哪來的憂愁和恐懼呢？」

君子的憂懼就是在求學和修養上出現不足之處，故君子時刻反躬自省。倘自問在德業上都盡了力，沒有不足，就不致愧疚；無所憂，無所懼，那是多大的喜悅！

孔子說：「君子有很多事情要考慮：眼睛是否看清楚、耳朵是否聽清楚、臉色是否溫和、態度是否謙恭、說話是否忠誠、做事是否認真、遇疑可有向別人請教、發怒可有考慮後果、所得是否應得。」

君子時刻對自己的視、聽、色、貌、言、事、疑、忿、得等，加以檢視和反省。這其實就是「克己復禮」的要求，讓自己的視、聽、言、動，都受到禮的規範。

3·3·4 湯之盤銘曰：「苟日新，日日新，又日新。」

《大學》

3·3·5 孟子曰：「愛人不親，反其仁；治人不治，反其智；禮人不答，反其敬。行有不得者，皆反求諸己；其身正，而天下歸之。」

《孟子．離婁上》

商湯刻在洗澡盆上的箴言說：「如果能夠一天新，就應保持天天新，新了還要再更新。」

成湯是商朝的開國君主，又稱商湯。盤銘指刻在洗澡盆給自己警惕的箴言。我們必須經常洗澡除去身體上的污垢，讓身體煥然一新；引申出來的含義就是通過反省，達到思想上的棄舊圖新。儒道兩家也曾藉洗澡來比喻反省，《禮記．儒行》有「澡身而浴德」（用品德來潔身），《莊子．知北遊》有「澡雪而精神」（用雪來洗滌思想上的塵垢）等說法，講的都是思想行為上的除舊佈新，但不同於今人說的洗腦。

孟子說：「愛別人，別人卻不親近我，那得反省自己，仁愛是否有所不足；管理別人，別人卻不聽從，那得反省自己，方法是否錯了；以禮待人，別人卻沒有以禮待我，那得反省自己，恭敬是否不足了。大凡做事得不到預期反應時，必須反躬自省。只要自身行為端正了，別人都會歸服你。」

孟子教我們應該反求諸己。許多人說：我對別人多好，別人卻沒有感恩圖報。真的是別人錯了嗎？你可有作出過反省：也許自己的關懷太過分了，是一種似愛之虐。又如你當班長，要領導同學，但同學不接受你；是你太過專橫了？抑或把工作做得不夠好？你總得檢討一下，弄清問題出在哪裏。也許你待人表面很有禮貌，但別人不怎樣理會你，你當然感到很沒趣。那麼你打算怎樣處理？就這樣繼續下去嗎？你當然想知道原因。經過反省後，你懂得自己太輕佻了，別人感受不到那份誠意。你知道後，馬上改正，問題就解決了。

談一談

那些談吐優雅、品格高尚的人，古人稱為仁者。為甚麼他們這麼優雅？因為他們懂得警惕和反省。甚麼是警惕？甚麼是反省？在待人處事之前，先存着憂懼敬慎的心理，小心戒備，保持警覺，以免犯錯，這是警惕；在待人處事之後，對自己的一言一行，加以檢視，查找不足，隨時作出修正補救，這是反省。

正如孟子說：「仁者如射，射者正己而後發。發而不中，不怨勝己者，反求諸己而已矣。」（《孟子．公孫丑上》）仁者跟射箭手有何相似？原來射箭手在射箭之前，先要保持警惕，端正自己的姿勢，要站得正才放箭。一箭「嗖」的射出，倘若射不中，就做好兩件事：一，不會埋怨勝過自己的人；二，反過來查找自己的不足。這種修養，用羅家倫先生的話說，就是「運動家的風度」。不過，仁者關注的事情不僅僅於人與人之間的競勝，還有人際的交往、做事的態度、理想的追求等。

先講警惕。《詩》云：「戰戰兢兢，如臨深淵，如履薄冰。」（《詩經．小雅．小旻》）用「如履薄冰」來形容仁者待人處事的小心翼翼，時刻警惕，這不是過於神經質了嗎？當然不是。人對於自己不能沒有要求。你必須提醒自己，待人要有禮，說話要得體，做事要負責任；絕對不會容許自己在人前失禮，在公共場所如潑婦罵街，商量小組習作時卻去如黃鶴。這不是神經緊張，而是減少犯錯，自我增值。所以，自我警惕是一種態度上的謹慎，也是一種在充分準備下建立起來的自信和自強。

劉向《說苑・敬慎》有一個捕鳥人的故事。孔子有一次見到有人用羅網捕鳥，捕獲的竟全是黃口小鳥，大鳥一隻也沒有。孔子不禁問明原因。捕鳥人告訴他：大鳥十分警惕，所以難捕；小鳥跟從大鳥的話就捕不到，反之則易於捕捉。孔子心有所觸，回頭對弟子說：「君子慎所從！」那是指在跟隨怎樣的人這個問題上見智慧。跟錯了，後果十分嚴重。可見警惕的關鍵不僅在於一己的才智，更在於擇善而從。

再講反省。仁者在警惕方面既要律己，也要從人，在反省方面首要是「反求諸己」(3.3.5)，通過反躬自問，審視自己的不足。曾子說：「吾日三省吾身」(3.3.1)；朱熹《論語集注》推崇曾子能就着自己的存心、行事和人際交往三者，日省其身，做到「有則改之，無則加勉」。仁者有錯則改，無則加勉，胸懷磊落，一片坦然，表現出一種優雅的人格風度。可惜，一般人卻反其道而行，埋怨別人者多，反省自己者少。原來我們看到別人的缺點，總比發現自己的缺失容易；把過失怪罪在別人身上，也比檢討自己容易多了。所以一般人不論自己對或錯，總不先反省自己，一味委過於人。久而久之，就會一錯再錯，自甘墮落，而終無改善之日，變成思想寡陋、談吐淺陋、儀容醜陋、行為鄙陋的人。

古代聖賢則強調先正己、後正人的積極態度。無論求學、待人，還是處事，都要經常自我反省。見到人家短處，就要自我警惕，看看自己是否也存在類似的缺點；見到人家長處，就要設法讓自己具有同樣優點。孔子說：「三人行，必有我師焉；擇其善者而從之，其不善者而改之。」（《論語．述而》）講的雖然也是擇善而從，但重點是「回頭轉身」，不斷完善自己，成就最美的君子品格。所謂「回頭轉身」，說來容易，做起來卻十分困難。從前經常出門工作的人，都要練習一個指定動作，叫「獅子搖頭」。因為出門在外，在酒樓和投宿地方最容易遺下物品。故每當離開一處地方，都要回頭一望，從抽離的角度重新檢視，看看有沒有重要的東西忘記帶走。

反省也是同樣道理。例如今天上課，自己有沒有專心聆聽？答應了幫助同學的事情是否已經辦妥？有沒有不自覺地將自己的想法強加在同學身上？自己的存心是否純正？即使自己有愛人、助人的初衷，但事後仍要考量是否貫徹到底？就這樣回頭轉身，從對面或另一角度檢討自己所作所為，對自己的思想行為作出檢查和思考，把自己做人處事不對的地方弄清楚，然後再把自己的錯誤好好糾正過來。倘能經常檢討自己的行事，就可以發現自己看待問題的觀點是對的還是錯的，對在哪裏？錯在哪裏？經過「接收回饋訊息—加以檢討—作出修正」的步驟，我們就能夠從不斷回頭、不斷反省當中，獲得前進的能量。

學們，你覺得警惕和反省，對你的做人處事是否有幫助呢？你有沒有信心建立這兩種習慣？

想一想

你跟家人和朋友相處時，有過「愛人不親」「禮人不答」的經歷嗎？你認為問題出在對方身上，抑或自己身上？

3·4 過而能改

3·4·1 君子以見善則遷，有過則改矣。

《周易 · 益卦 · 象傳》

3·4·2 君子之過也，如日月之食焉。過也，人皆見之；更也，人皆仰之。

《論語 · 子張》

3·4·3 過則勿憚改。

《論語 · 子罕》

語譯　**君子見到別人的善言善行，就應該努力效仿；自己犯了錯誤，就要立即改正。**

說明　《益卦》的「益」字，古文上「水」下「皿」，象水滿溢，是「溢」的本字，有增加、增益、富饒等意思。故《益卦》強調多向別人觀摩學習，見賢思齊，修正自己錯誤，以獲取更大效益。上句中「遷」「改」兩字至為關鍵，必須通過實際行動加以落實。

語譯　**君子的過失，好比日蝕月蝕：錯誤的時候，人人都看得見；修正後，人人都仰望着。**

說明　眾目睽睽之下，你犯下的過失是無法掩藏的。但走錯路總得回頭，回到正確的方向；即使浪費了許多氣力和汗水，感到不甘心，總好過一錯再錯，迷不知返。當別人看見你樂於改正，會給予欣賞和鼓勵的目光，成為推動你不斷改過的動力。

語譯　**有了過錯，就不要怕改正。**

說明　改過需要勇氣。一般人最怕面對自己所犯的錯誤，討厭別人説長道短，批評自己。為甚麼會有這種害怕心理？因為心理上你難以接受自己是一個弱者，加上被別人指摘也會傷及自尊，影響面子，所以死不認錯。其實承認犯錯，坦然面對，加以改正，才是堅強的表現。

過而能改

3·4·4 哀公問：「弟子孰為好學？」孔子對曰：「有顏回者好學，不遷怒，不貳過。不幸短命死矣！今也則亡，未聞好學者也。」

《論語·雍也》

3·4·5 子曰：「過而不改，是謂過矣！」

《論語·衛靈公》

3·4·6 人誰無過？過而能改，善莫大焉。

《左傳·宣公二年》

魯哀公問：「你的學生中，哪個好學？」孔子答：「有個叫顏回的好學，不拿別人出氣，不再犯上同樣的錯誤。不幸短命死了！現在再沒有了，再沒聽過誰好學了。」

孔子認為顏回最好學。為甚麼呢？因為他犯了錯，不會找人出氣，不會委過於人，而是反求諸己，查找自己不足。另一方面，他不會讓自己一再犯上同樣的錯誤。這是十分嚴謹的治學態度。具備這兩種能力的學生，他的學習怎會不成功呢？

孔子說：「犯了錯而不改正，這方是最大的錯誤。」

自知錯誤卻不予改正，等於犯了雙重的錯誤。反之，「過而改之，是不過也」（《韓詩外傳》卷三引錄孔子說話）。可以重頭再來，那不是人世間最大的快事嗎？

哪個人沒有犯錯？沒甚麼比犯了錯又能夠改正更好的了。

人非聖賢，誰能從不犯錯？問題在於我們如何處理犯錯。孔子「過則勿憚改」的態度當然是最可取的。可惜世人總是羞於承認錯誤，一則怕人譏笑，面子攸關，二則文過飾非，心存僥倖；結果越陷越深，無法自拔。在古人眼中，一再犯錯，不知悔改，固然於品格有虧；但過而能改，卻是道德勇氣的呈現，更是最高的德行。

談一談

反省和改過是一件事的兩面。先有思想上的反省，始繼之以行動上的改過。《周易》說的「見善則遷，有過則改」(3.4.1)，與孔子說的「過則勿憚改」(3.4.3)，雖然指出改過涉及態度問題，但重點仍在於付諸行動。

對於犯錯，儒家是從實際的層面上加以討論的。我們生活上有許多陋習、毛病、過錯，通過省思，是可以發現的。知錯不改，才是問題所在。「人誰無過？過而能改，善莫大焉。」(3.4.6) 這是晉大夫士會向晉靈公進諫的幾句話。晉靈公的故事印證了一個人錯而不改的最後下場。這個無道的君主，不惜開徵重稅，只為了粉飾自己的宮牆。又從高台上用彈弓射人，竟然是為了觀看人民狼狽走避的樣子，以此作樂。有一次，廚子燉熊掌未熟，靈公就殺死他，把屍體裝在筐裏抬出宮外。相國趙盾和士會剛好經過，看見了廚子的手，了解情況後深為憂慮。士會於是打頭陣，向晉靈公進諫。豈料靈公根本不理他，直至士會走到簷下，靈公才抬頭望他一眼，說：「我知道所犯的錯誤了，準備改正了。」這句話等於叫士會甚麼也不用說了，請回吧。士會怎會不明白這是一句敷衍的話語呢？但他還是叩頭回應：「哪個人沒有犯錯？沒甚麼比犯了錯又能夠改正更好的了。」並引用《詩經》「靡不有初，鮮克有終」一語，鼓勵靈公改過要有始有終，講話要説到做到。然而，靈公沒有把握這個改正錯誤的機會。趙盾也多次勸諫，靈公不但不聽，更派刺客去暗殺趙盾。最後，這個作惡多端的國君，終被另一大夫趙穿殺死。試想想，當初靈公若能納諫改過，自然得到身邊大臣擁護，就斷不會發展成這樣的下場了。

反過來説，知過能改是提升我們道德和知識水平的巨大動力，所以改過被視為一種美德。《尚書‧仲虺之誥》讚美商湯「改過不吝」，因為他對於改錯，態度堅定，絕不吝惜。相對於夏桀的荒淫無度，一錯再錯，商湯知錯能改就讓他佔着道德高地，也是他天與人歸、取代夏朝的合理依據。子貢將改過比之為日月之蝕的整個過程(3.4.2)。這個比喻，十分貼切。因為君子犯錯，就像在那光明的日月光影上遮蔽了一大片。最初是污點、暗影，然後是遮天蔽日的黑暗。那是在眾目睽睽之下發生，完全無法隱藏的。人的犯錯，也是一樣，昭昭在目，無所遁形；若要人不知，除非己莫為。直到你決心改過，裨補闕失，也是人所共見，騙不得人的。就像日月之蝕既過，光明重啟，萬目攢視，眾所同仰。還記得有一位同學，在早會分享他改過遷善的感受:「改過有很高的點擊率和吸睛指數，能贏得無數讚好，讓粉絲不斷洗版支持。」所以，改過並非糗事、瘀事，而是一種無上光榮。

不過，改過始終不是易事。修正一種壞習慣，等如跟習染作單打獨鬥，那是內心層面的事，倚仗的是個人的決心和堅持。至於身邊的人，頂多不時給你提點，卻無法全天候監視着你，故大多數人都欠缺改過的恆心。其次，對一般人來說，要接受別人的指摘批評，總有點難為情，故老是躲躲閃閃，加以掩飾。故此，孔子提出「過而不改，是謂過矣」(3.4.5) 的說法。這等於為「過」這個字重新下定義。既然犯錯是聖賢也不能避免的，所以首犯無可厚非，頂多給你一個黃牌作警告，未算真正的過失，也並非丟臉的事（那當然不是指犯法的事，犯法必須受到法律制裁）。一再犯上同一錯誤，這個重犯當然是過失了。領一張紅牌作責罰，或受到嚴厲的批評，甚至罰扭耳仔也是活該。所以孔子在弟子中最欣賞顏回，因為唯獨他能做到「不遷怒」「不貳過」(3.4.4)。不遷怒與不貳過對舉，因為兩者都需要很強的自我約束能力。日常生活中我們總有些無心之失，如果每個人都能約束自己，儘量做到不貳過，你說那有多好。

孔子弟子中，除了顏回，子路也是一個勇於改過的人。孟子曾誇讚子路說：「人告之以有過，則喜。」（《孟子・公孫丑上》）別人指出子路的過錯，他只會滿心歡喜。「聞過則喜」，那是多麼廣闊的胸襟，多麼難得！南宋思想家陸九淵曾引用這一典故，提出了他的改錯三部曲：「聞過則喜，知過不諱，改過不憚」（《與傅全美》）。他把改過分成三層：首先端正態度，樂意接受批評；其次，知道錯了應當毫不隱諱；最後，改錯應當不畏困難。

同學們，有誰不會犯錯呢？你可有決心去查找和改正自己的錯誤？

想一想

孔子稱讚顏回，因為他做到「不貳過」。你有哪些過失是一而再，再而三犯上的？為甚麼你不能改正過來？

3·5 養心寡欲

3·5·1 孟子曰：「養心莫善於寡欲，其為人也寡欲，雖不存焉者寡矣；其為人也多欲，雖有存焉者寡矣。」

《孟子．盡心下》

3·5·2 耳目之官不思，而蔽於物；物交物，則引之而已矣。心之官則思，思則得之，不思則不得也。

《孟子．告子上》

3·5·3 無為其所不為，無欲其所不欲，如此而已矣。

《孟子．盡心上》

孟子說：「修養心性的最好辦法莫過於減少欲望。一個人倘能節制他的欲望，即使他的良善本質有所失去，也不會太多；反之，一個人欲望太多，即使他的良善本質仍有保留，也將是很少的了。」

孟子認為人的心靈雖已具備懂得義理的功能，但欲望太多導致利欲薰心，削弱了這顆心靈知禮知義的判斷能力。長此下去，這顆心就壞透了。故為學之道，首重存養本心。

耳朵、眼睛這些器官不會思考，常被外物蒙蔽；外物紛呈，互相牽引，它們就容易被引誘過去。心這個器官是管思考判斷的，用心思考，就能把握這顆善心，不用心思考就把握不到了。

耳迷於聲，目眩於色，使人不禁心猿意馬；人心受到物欲的誘惑和牽引，終不免於沉淪。

不要做你心裏不想做的事，不要想你心裏不想要的東西，這樣就行了。

孟子教我們節制欲望，而不是斷絕欲望。怎樣節制欲望呢？其實自己心裏已有一把尺，即不幹那些不應做的事情，不貪求那些不當貪求的事物。養心就這麼簡單。

3·5·4 吾願君刳形去皮，灑心去欲，而遊於無人之野。南越有邑焉，名為建德之國。其民愚而樸，少私而寡欲；知作而不知藏，與而不求其報；不知義之所適，不知禮之所將。

《莊子・山木》

3·5·5 故曰，古之畜天下者，無欲而天下足，無為而萬物化，淵靜而百姓定。

《莊子・天地》

但願你懂得釋下你的形軀和皮囊，蕩滌心靈，擯除欲念，進而逍遙於遠離世俗的曠野上。南方有個城邑，叫做建德之國。那裏的人民，純厚質樸，絕少私欲；只管工作，不積財富；只管幫人，不求回報；不用費神去想何謂道義，也沒想過禮該怎樣推行。

莊子認為人的心靈本來是靈明的、透徹的；但人同時有形軀和皮囊，難以釋下名利欲望的牽引，結果讓一顆活潑潑的心靈疲於奔命，導致勞形傷神。所以千萬不要追求那無止境的欲望，並通過「灑心去欲」，去除欲望，把心靈洗滌乾淨。莊子虛構這個南越之國，其人民不重財富，不講回報，不作計較，互通有無，故不知禮義為何物。這裏講的其實正是道家的理想人格（赤子、嬰兒）。

所以說，古時候懷抱天下的君主，無欲無求，故人民富足；不重有為，讓萬物自然發展；包容低調，而人心安定。

做領導的為了刷存在感，或者野心大，總喜歡有為，但往往因為能力低，瞎帶領，結果破壞了社會和經濟的平衡穩定狀態，終至難以修復。

談一談

現代社會充斥着物欲。例如有新款手機上市，大家都會趨之若鶩，先到手為快。你的欲望又是甚麼？

在古代，孟子講「養心寡欲」，老子講「少私寡欲」，莊子講「灑心去欲」。他們都在減少欲望方面花了很大力氣，因為他們認定欲望跟心靈是對立的。

儒家認為欲望和習染互相糾纏，對良善的心靈造成損害。孟子藉「牛山之木嘗美矣」(2.1.4)一喻，指出欲望如斧斤一樣，把四端之善不斷摧殘，這顆道德心靈也就無法培養起來了。至於道家，老子講的是赤子之心。它跟仁義禮智無關。但欲望同樣破壞了這顆心靈的素樸特性，終至「令人心發狂」(2.4.2)。故此，儒道兩家都主張減少欲望。

減少欲望不同於禁絕欲望，後者會違反人的天性，很難實行。孟子講的「寡欲」相當於孔子講「克己復禮」的克己。適當的欲望是需要的，因為那是人最強大的內在動力，但要加以克制，把它引導至正確的方向。怎樣引導呢？例如儒家講的「樂教」，就是把禮和樂配合起來，用來調和心態。在享受音樂演奏的同時，也區分了階級秩序，體現了對禮儀的要求。這叫做「禮樂相須以為用」，也是理性和欲望的互相結合。

一次孟子進見齊宣王，問：「聽說大王也喜歡音樂哩。」宣王臉色一變，尷尬地說：「我喜好的不是先王之樂，只是愛聽流行曲罷了。」孟子知道宣王這個人愛聽音樂，夜夜笙歌，口中卻說：「獨自一人欣賞音樂快樂，還是和他人一起欣賞快樂？」宣王答：「和他人一起。」「和少數人一起欣賞音樂快樂，抑或和多數人一起欣賞快樂？」「和多數人一起⋯⋯」孟子說：「對呀！欣賞音樂讓您明白與眾樂樂的道理，您一個人獨自享樂，其他人卻愁眉苦臉，您也不會快樂了。」（《孟子・梁惠王下》）音樂讓人懂得分享快樂，因為獨自享樂沒有意思。聽過孟子這一番話後，宣王在實現自己的欲望時，當會明白老百姓也有過好日子的欲望，並認識到「與民同樂」的道理。這就是樂教，既調節了欲望，也掀開了道德心靈。

道家的老子，教我們面對欲望的挑戰，先要懂得「知足不辱」的道理（《老子・四十四章》）。他說名位乃身外之物，倘與自己生命相比，哪樣更該值得珍惜？又生命與財富相比，哪樣更為重要？當得到一切了，又可能失去一切了，得失之間，哪一樣傷害更大？所以，貪愛愈甚，花費愈繁；貪侵愈多，滅亡無日。一個人要懂得知足，才不會遭受屈辱；懂得適可而止，才不會以身犯險。

只有懂得減少欲望，才能長壽永康。柳宗元寫過一篇《哀溺文序》，諷刺那些貪財亡身、要錢不要命的人。據説永州的百姓都善於游泳。一天，河水上漲，有幾個人乘小船橫渡湘江。忽然船破，船上的人紛紛游水逃生。其中一個最懂水性的人竟落在後面。同伴呼叫着他，他說：「我腰上纏着很多金錠……」大家喊：「都丟掉吧！」他不回答，搖搖頭。一會兒，更加疲乏。同伴上了岸，繼續呼叫：「你不放下，死了，錢有何用？」這人又搖搖頭，最後淹死了。

所以老子教我們：「是以聖人欲不欲，不貴難得之貨。」（《老子・六十四章》）道家的聖人只會惜取別人所不要的東西，不會貪取人人所爭奪的財貨。《韓非子・喻老》有一個故事，為老子這句話下了註腳。宋國有個鄉下人得到一塊璞玉，想把它獻給相國子罕，子罕卻怎麼也不接受。鄉下人說：「這麼貴重的寶物，應該成為君子的器物，不該被我們這些凡夫俗子使用。」子罕翻了一下眼皮，說：「你視玉石為寶貝，我卻視不接受你的玉石為寶貝呀！」這番道理鄉下人怎會明白？在價值觀上，凡人以擁有財貨為高，道家人物則以放下欲望，不慕財貨為尚。

至於莊子，他講去欲。欲望怎麼能去除呢？他不是叫我們不吃飯，不去玩。他自己就最懂得遊玩了。莊子要我們去除的是建功立業、沽名釣譽的虛榮心。他教我們不要玩儒家這一套，那只會讓我們勞形傷神，疲於奔命。所以我們要減少有為，還要把那個躍躍欲試的心靈洗滌乾淨。《莊子·齊物論》有一個「朝三暮四」的故事。宋國有一個老頭，養了一大群猴子。老頭家裏太窮了，打算減少猴子糧食，便跟猴子約定：「明天給你們橡子，早上三個，晚上四個，該夠了吧？」猴子一聽，非常惱怒。一會老頭又說：「給你們早上四個，晚上三個，可以嗎？」猴子一聽，非常高興，在翻筋斗。其實朝三暮四、朝四暮三，本質並無分別，但世人往往受到眼前利欲的誘惑，生出許多得失和計較。莊子認為這些計較都是沒有意義的。

想一想

一般人有哪些欲望？你認為有哪些欲望是可以減少的？有哪些欲望值得保留？

人總會存着偏蔽，認為真理就在自己手中。例如道家的莊子跟名家的惠施那場有關「知魚之樂」的著名辯論，兩人各據立場，結果相持不下。

《莊子・秋水》的原文是這樣的：

原文　莊子與惠子遊於濠梁之上。

莊子曰：「儵魚出游從容，是魚之樂也。」

惠子曰：「子非魚，安知魚之樂！」

莊子曰：「子非我，安知我不知魚之樂？」

惠子曰：「我非子，固不知子矣，子固非魚也，子之不知魚之樂，全矣。」

莊子曰：「請循其本。子曰『汝安知魚樂』云者，既已知吾知之而問我，我知之濠上也。」

譯文　莊子和惠施在濠水一座橋上散步。

莊子看看水裏的魚，說：「魚在水裏悠然地游來游去，這魚真快樂啊。」

惠施說：「你不是魚，你怎麼知道魚快樂呢！」

莊子說：「你不是我，你怎麼知道我不知道魚快樂呢？」

惠施說：「我不是你，當然不知道你知道甚麼；但你也不是魚，所以你也無法知道魚的快樂。這就是道理的全部了。」

莊子說：「還是回到你說的第一句話。你說『你怎麼知道魚快樂』這句話時，就表示你認定我不知而問我，我是在濠橋上（憑你這種方法）知道的。」

第一問

就着這場辯論，試談談莊子和惠施是否都無法體會對方的觀點。

第二問

既然人總是抱持己見，這類辯論是否毫無意義呢？如果偏蔽已經形成，警惕省己是否消除偏蔽的有效方法？

就着這場辯論，試談談莊子和惠施是否都無法體會對方的觀點。

我們先要了解莊子和惠施這場辯論究竟在討論甚麼：

原來那是針對莊子的一句話：「儵魚出游從容，是魚之樂也。」換言之，即莊子能「知魚之樂」嗎？

這裏講的是魚，涉及的卻是認識論的問題。問題可拆分為兩個部分：

1. 莊子能否知道魚？（即認知所能到達的範圍）
2. 莊子怎樣知道魚？（即憑着甚麼方法去認知）

就惠施而言，對這兩個問題的理解是：

1. 「我非子，固不知子矣，子固非魚也，子之不知魚之樂，全矣。」
   這幾句的含意是：我不是你，所以我不能知道你的所知所感；你不是魚，所以你不能知道魚的所知所感。即莊子無法知道魚，正如我無法知道莊子。
2. 惠施既認為莊子不能知道魚，則「莊子怎樣知道魚」一問就不成立；但將惠施以上幾句話的含意反過來理解，就可以得知他所信奉的認知方式。
   那就是：我是我，所以我能知道自己的所知所感；牠是魚，所以牠能知道本身的所知所感。可見，惠施認知的方法就是自己的感覺經驗：我能知道自己的所知所感，因為我有那實際經驗；我不知道魚，也不知道你，因為我沒有這些經驗。

在我們的認知裏，人與人之間可以透過語言文字、表情動作來溝通，但跟魚不能。固然，人與人之間，即使千言萬語，有時也未必真能準確了解對方。但惠施着重的是實際經驗，則語言文字只屬於間接的媒介。憑着本身經驗去認知，則任何個體（包括你、我、牠）都成為一座孤島，彼此無法相知相通。

就莊子而言，對這兩個問題的理解是：

1. 「鯈魚出游從容，是魚之樂也。」
   即：我不是魚，但能知道魚，跟魚溝通；不同個體（包括你、我、牠）之間，也可以相知相通。

2. 「我知之濠上也。」
   莊子認為：我跟魚是分在兩處、沒有關連的獨立個體，但在我觀照下，可以感通置身他處的對方。不過，在這場辯論中，莊子由始至終都沒有解釋知道的方法。

人與魚、人與萬物之間能否溝通？在莊子看來答案是肯定的。原來道家相信萬物皆源於道，雖散為萬物，區分為不同個體，但在道通為一的前提下，不同事物之間可以通過「感通」（直覺、攝受）的方式，達到互相交流或物我交融。

對於「莊子和惠施是否都無法體會對方的觀點」這個問題：

就惠施而言，「子非魚，安知魚之樂」這句話，完全否定了莊子「知魚之樂」的觀點：

- 其實魚是否樂或能否樂是一回事，莊子的感覺則是另一回事。莊子只是説出自己的感覺而已，他沒有勉強惠施同意他的觀點。惠施卻從個人經驗出發，全盤否定了莊子的立場。

- 對於莊子「子非我，安知我不知魚之樂」的試探，惠施運用了邏輯推理的方式加以否定：
  A 不是 B，故 A 不知道 B；同樣，B 不是 C，故 B 不知道 C。
  （惠施不是莊子，故惠施不知道莊子；同樣，莊子不是魚，故莊子不知道魚。）
  換言之，惠施承認：惠施只能知道惠施，莊子只能知道莊子，魚只能知道魚。

- 惠施從自己的經驗出發，用自己的經驗來印證別人所知。但他沒有考慮莊子所問的「安知我不知」，可以理解為：

  1. 你只能根據個人經驗證明自己不知，而你沒有經歷過我的經驗，所以你的經驗是有限制的。

2. 你沒有這個能力，不表示我沒有這個能力；你不懂得知道的方法，不表示我也不懂得。

因為莊子可以具備不同於惠施的能力，或懂得惠施所不懂的認知方式。

由此可見，惠施以己證人，十分清楚自己的立場，但未必能完全理解莊子的觀點。

若就莊子而言，他一開始就運用了詭辯的方式：

- 莊子當初沒有直接回應自己是否知道魚，也沒有解釋怎樣知道魚。
- 莊子採反守為攻的策略，以「子非我，安知我不知魚之樂」一句來投石問路。

在這狀況下，惠施只能作兩種回應：

1. 惠施不是莊子，故惠施無法判斷莊子能否知道魚；
2. 惠施不是莊子，但惠施可以判斷莊子能否知道魚。

無論惠施採哪一種回應，都會遇上麻煩：

若承認 1，則不用辯下去了，因惠施根本無法判斷莊子所知與不知；

若承認 2，則他如何證明惠施不是莊子，但惠施可以知道莊子所知與不知；而且這也陷於自相矛盾。

故惠施只能訴諸經驗：用「A 不是 B，故 A 不知道 B」來推論「B 不是 C，故 B 不知道 C」。

這樣一來，惠施就掉進莊子預設的陷阱裏。莊子就抓住「A 不是 B，故 A 不知道 B」這一前設，證明惠施這個前設出現了漏洞。

莊子要求倒帶，回到辯論的第一句，因為惠施說過：「子非魚，安知魚之樂！」（你不是魚，怎麼能知道魚快樂！—— 怎麼能，即是不能。）這個反問句，其實答案已寓在問句當中，而且加強了語氣，亦等於全然判斷了莊子無法知道魚之樂。—— 問題來了。惠施不是莊子，為甚麼他能判斷莊子無法知道魚之樂？因為「知道你所知」或「知道你所不知」，含意都是「知道」。例如：老師憑直覺知道同學甲懂得答案、知道同學乙不懂得答案，都是「我不是你，但知道你」的例子。原來惠施不知不覺也用了感知、直覺的認知方法。

莊子清楚了解惠施信奉經驗的認知方式，存在很大漏洞。因為他永遠只能有自己的經驗，此種經驗無法用來判斷和驗證別人的經驗。另一方面，莊子要告訴惠施：當初你其實也用了直覺的方式來判斷我，只是你沒有意識到而已。既然你可以從旁知道我，我也可以在橋上知道魚（我知之濠上也）。

莊子運用了精妙的辯論技巧，讓自己立於不敗之地。但即使在語言上壓倒了惠施，「知魚之樂」這個命題是否真實成立呢？也許只有魚兒才能告知答案。

既然人總是抱持己見，這類辯論是否毫無意義呢？如果偏蔽已經形成，警惕省己是否消除偏蔽的有效方法？

對於「既然人總是抱持己見，這類辯論是否毫無意義」這一問：

大抵惠施相信經驗，覺得道家人物講物我交融總是荒誕不經；莊子憑的是感通，又覺得名家之徒往往為爭拗而爭拗，於是兩人各執己見，都不能讓對方信服。

然而，這場精彩的辯論，展現了雙方的智慧，也引起了對問題的深入思考，這對辯論雙方，以至所有讀者，都極具意義。莊子和惠施兩人對真理的追求，言辯的風度，都給我們示範的作用。此外，莊子物我交融的賞物情趣，惠施冷靜分析的思辯智慧，也是我國文化的精粹。

如果偏蔽已經形成，警惕省己是否消除偏蔽的有效方法：

或認為偏蔽是源於不自知，故消除偏蔽先從警惕省己入手，這是正本清源的辦法。所謂警惕，就是以審慎的態度去處理問題，所謂省己，就是放下主觀，用理性探索的態度去查找自己的不足。警惕省己有利於發展批判性思維，對消除偏蔽極有好處。

一個人若然處於偏蔽當中，要放下偏執，去接納另一種觀點，並非易事。故有人主張從教育入手，增加知識和識見，這對消除偏蔽最有效用。

第四章

言語・行為

慎言敏行

知行並重

儀容舉止

長善救失

守謙戒傲

有些人老是在公共場所大聲說話，不守秩序，沒有顧及他人感受。相信你也見過類似的情況吧？可你對自己的言語行為，有沒有加以約束呢？

《周易．繫辭上》說：「言行，君子之樞機。」可見古人對自己的言行舉止十分重視。而一言一行要先從家庭做起，這就是家教。《禮記．曲禮上》有所謂：「出必告，反必面。」出門要告訴父母到哪裏去，回家要當面稟報父母回來了，以免父母憂慮。即使飲食禮儀，古人也十分講究；畢竟同桌吃飯，最能顯露一個人的品格修養了。《曲禮上》又說：「毋放飯，毋流歠，毋吒食，毋齧骨。」吃過的飯菜，不能再放回碟中；不要大吃大喝；咀嚼時不要發出響聲；不要啃骨頭。倘若狼吞虎嚥，旁若無人，肯定是失禮，那麼人怎配當萬物之靈呢？故《曲禮上》說：「鸚鵡能言，不離飛鳥；猩猩能言，不離禽獸。今人而無禮，雖能言，不亦禽獸之心乎？」可見人和禽獸的分別，不在懂得說話，而是懂得禮貌。

我國古稱「禮義之邦」，當然是一個知禮知義的民族。

魏晉時代，流行清談。那些名士，輕裘緩帶，不鞋而屐；言行舉止，超然絕俗；舉手投足，瀟灑無比。談吐之間，是金聲玉振，舌燦蓮花；即使醉倒，也是「傀俄若玉山之將崩」。還記得《空城計》中孔明的形象吧？披鶴氅，戴綸巾，引二小童，攜琴一張，坐在城樓之上，笑容可掬，焚香操琴，一派溫柔嫻雅。這種言談舉止的方式，充滿着教養，魯迅就稱之為「魏晉風度」。

及至唐代，名士風流，仍未減退。日本派遣唐使來到中國，馬上把它複製，並發揚光大。時至今天，「出必告，反必面」，相信在日劇中最為常見。我們在言談舉止方面的表現，早已不復當年。也許近代中華民族經歷太多苦難，故以吃飽穿暖為先，禮義退居其次。

但「衣食足，知榮辱」的時代已經悄悄來臨了。禮失而求諸野，我們對於禮義、禮儀、禮貌，都必須鄭而重之，加以講求。

4.1 慎言敏行

4.1.1 **吉人之辭寡，躁人之辭多。**

《周易・繫辭下》

4.1.2 **白圭之玷，尚可磨也；斯言之玷，不可為也。**

《詩經・大雅・抑》

4.1.3 **蛇蛇碩言，出自口矣；巧言如簧，顏之厚矣。**

《詩經・小雅・巧言》

4.1.4 **訥於言而敏於行。**

《論語・里仁》

老實敦厚的人言辭少，浮躁虛妄的人言辭多。

深闊的大河，流水無聲；小小的淺灘，才聒噪不休。有內涵的人，說話會考慮清楚；輕浮的人，才急於賣弄逞能。可見說話是個人修養的呈現。

白玉之圭發現污點，還可以磨掉；話要是講錯了，就不可收回了。

這四句詩告誡我們要小心講話。說出的話，如同潑出去的水，是不能收回的，所以要慎言。《論語·先進》記載「南容三復白圭」一事。孔子欣賞南容，因為他反覆詠誦「白圭」詩句，以求無玷。於是孔子將哥哥的女兒嫁了給南容。

誇誇其談、胡說八道，竟出自人的口中！鼓唇搖舌、如吹管簧，臉皮實在太厚！

耍嘴皮、嚼舌頭、厚臉皮的人自古有之，今天也不少。這位詩人，實在罵得太痛快了。

說話要謹慎小心，做事要勤快敏捷。

朱熹《論語集注》引謝良佐注曰：「放言易，故欲訥；力行難，故欲敏。」話到舌邊留半句，只怕禍從口出，故說話要遲緩，好想清想楚；人總是怠於行動，只想不做，故行動要敏捷。

4.1.5 古者言之不出，恥躬之不逮也。

《論語・里仁》

4.1.6 君子恥其言而過其行。

《論語・憲問》

4.1.7 言顧行，行顧言。

《中庸・十三章》

4.1.8 子曰：「予欲無言。」子貢曰：「子如不言，則小子何述焉？」子曰：「天何言哉？四時行焉，百物生焉，天何言哉？」

《論語・陽貨》

語譯 **古人言不輕出，因為以說了卻做不到為羞恥。**

說明 今天只說不做、信口開河、言行不一的人比比皆是，與古人的簡言慎言、一諾千金相比，實在相差太遠了。

語譯 **君子以說的多、做的少為羞恥。（或譯為：君子以說得出、做不到為羞恥。）**

說明 古人一諾千金，不用考慮後備計劃，在經濟學上，這是降低交易成本的方法。

語譯 **說的話跟行為要一致，行為和說的話要一致。**

說明 君子貴乎言行相顧，一言既出，必信守承諾，以行踐言，絕不會自食其言。孔子說過：「始吾於人也，聽其言而信其行；今吾於人也，聽其言而觀其行。」孔子說自己從前對於人，聽了他講的話，就相信他的行為；及至現在，當聽了他講的話後，還要觀察他的實際行動。言行一致，也不一定人人能夠做到；但如果你做不到，是難逃別人雪亮的眼睛的。

語譯 **孔子說：「我不想說話了。」子貢說：「老師如果不說話，那我們傳述甚麼呢？」孔子說：「老天說過甚麼？四季不也照樣運行，百物不也照樣生長，天說過甚麼？」**

說明 所謂不言之教，就是不用多說，而是通過行動呈現出來，以行動代替說話。

談一談

我們常犯的毛病是：講得多，做得少。任憑你說得如何天花亂墜，做起來卻滿不是那麼回事。

講和做，就是言語和行動。言和行表面上是分開的，但古人把它們放在一起來考慮，因為言語已被視為行動的一部分，言語是行動的第一步。所以古人要求自己言行一致、言行相顧。言行要怎樣相顧呢？這分作兩部分來講。首先，說話前先要想清楚，我說的這句話是否可行；可行才說，不可行就不該說。總之，不講空話，不講廢話，不講無聊的話，也就是「慎言」。另一方面，說得出，要做得到；即「言必信、行必果」，也就是「守信」。前者涉及言行的質量，後者涉及言行的效率。

先講「慎言」。古人說：「口為禍福之門」「病從口入，禍從口出」。佛家講的「十惡」中，妄語（說謊騙人）、兩舌（挑撥離間）、惡口（粗言穢語）、綺語（誇大失實）等四項，都屬於口業，大家少犯為妙，免得口舌招尤。這些壞話，在人前固然不可說，在人家背後更加不應說。《荀子．大略》指出：「惟惟而亡者，誹也；博而窮者，訾也；清之而俞濁者，口也。」表面上唯唯諾諾、顯得順從的人，卻沒有好下場，他必然愛背後中傷別人；博學善辯卻處境困厄的人，他必然喜歡詆毀別人。所以說，一個人老想扮得清高，在別人眼中卻是濁不可耐，正因為他有一張愛說三道四的嘴皮子。

有一次，孔子到洛邑觀太廟，看見那裏供奉着一個「三緘其口」（嘴上貼了三道封條）的銅鑄人像，背上刻了銘文說：「無多言，多言多敗；無多事，多事多患」。（《孔子家語．觀周》）說話太多，惹事太過，都會自招損失，惹來煩惱。試看《楊修之死》這個故事。楊修自作聰明、多言莽撞，屢次冒犯曹操忌諱，結果曹操借「惑亂軍心」的罪名把他殺了。所謂「吉人之辭寡」(4.1.1)，少說話、多做事，才可逢凶化吉。有些人說話遲緩，但「訥於言而敏於行」(4.1.4)，可見那並非能力夠不上，或做事沒勁兒，而是慎重的表現。還有，慎言也是不講廢話。孔子說：「群居終日，言不及義，好行小慧，難矣哉！」（《論語．衛靈公》）一班人聚在一處，淨說些無聊的話，沒有一句正經的，這對做事有甚麼好處？既然毫無意義，那就廢話少講。

再講「守信」。古語說：「一言既出，駟馬難追」。孔子的學生子貢也說：「駟不及舌」（《論語．顏淵》）。「舌」指講出來的話，意即一句話說出了口，用四匹馬拉的車子也追不回來。所以說話一定要算數，要講信用。劉基《郁離子》記載了一個故事。商人沉船獲救，原本答應重賞漁夫百金，後來吝嗇，只付十金，還補上一句：「你這個打魚的，一天能賺多少？現在一下子得了十兩銀子，還不滿足嗎？」這個反口覆舌的商人，下次又沉船，又遇到同一漁夫。商人費盡了唇舌，漁夫還是撒手不救。可見守信、兑現承諾，有時是生死攸關的。所以我們要做到「口言之，身必行之」（《墨子．公孟》）。當年，墨子就用這句話批評告子。告子認為自己有能力治理好國家，墨子卻説：「從政的人，嘴上説的，行動一定要做到。現在你口中能説會道，但自身卻不能實行，這是自相矛盾。你連自己都管不好，哪裏能治理國家呢？」對人誇誇其談，卻言過其實，口惠而實不至，只會令人討厭。相反，一個人説到做到、表裏如一，才會贏得別人的尊重。

我們不單對人要守信，對自己也要守信。唐朝時，懷海禪師制定了《百丈清規》，倡導「一日不做事，一日不吃飯」。由於他年事已高，有一回，他的門生悄悄把他本日應做的工作完成了，好讓他休息一下，但這位言行相顧的老禪師，老實不客氣，那一天便絕對不肯吃飯。

總之，言行一致是一種做人的態度，也是一種學習的態度。相信大家都讀過《曾子殺豬》(《韓非子．外儲説左上》)這篇文章。曾子妻子上街，孩子吵鬧着要跟去玩。母親説：「你等着，待會兒我回來殺頭豬給你吃。」母親趕集回來，看見曾子正要捉豬去殺。她馬上説：「哄孩子的戲言，不要認真！」曾子説：「這個玩笑開不得！孩子不懂得甚麼是開玩笑。他還沒有這個思考能力，只學着父母的言行，聽從父母的教導。現在你欺騙他，就是教他騙人。母親欺騙孩子，孩子不再相信母親，這是教育孩子的正確方法嗎？」曾子最後還是一刀把豬給殺了。從教育孩子的長遠利益着想，讓孩子明白言不輕出、言而有信的道理，這頭豬的慷慨犧牲，也是值得。

想一想

古人強調少説話，多做事，這是否表示他們根本輕視説話？

4.2

知行並重

4.2.1 **非知之艱，行之惟艱。王忱不艱，允協於先王成德。**

《尚書．說命中》

4.2.2 **非知之實難，將在行之。**

《左傳．昭公十年》

4.2.3 **孔子曰：「生而知之者，上也；學而知之者，次也；困而學之，又其次也；困而不學，民斯為下矣。」**

《論語．季氏》

4.2.4 **子曰：「文，莫吾猶人也。躬行君子，則吾未之有得。」**

《論語．述而》

認識道理並非最難，困難在於踐行。大王誠心不以實行為難，就真合於先王的盛德。

傅說向商王武丁提出了知易行難的觀點。他把知和行連結在一起，則這個行就不是隨便的行，而是把所知通過行動實踐出來。商王能迎難而上，踐行其言，確是好君主。

懂得道理算不上難事，困難的地方在於實行。

這句說的也是知易行難。但那是知、行兩者相對來說的；知，同樣不容易。

孔子說：「生來就懂得的人無以尚之；學習後才懂得的人次一等；遇到困難才學習的人就再次了；遇到困難還不學習的人，屬於下愚。」

孔子雖說有「生而知之者」，但他不承認自己是這類人。他反而強調「學而知之」。這個「學」，是合知、行而言的。所謂知，其實是進德修業方面的聞、見、模仿。知，必須通過踐行來完成，故行比知更加重要。

孔子說：「在理論知識方面，我還過得去；在進德修養方面，我卻做得未夠好。」

行的另一難處，在於難以在自己身上，把懂得的事情都加以實踐。

4.2.5 不聞不若聞之，聞之不若見之，見之不若知之，知之不若行之；學至於行之而止矣。

《荀子・儒效》

4.2.6 知之愈明，則行之愈篤；行之愈篤，則知之愈明。

朱熹：《朱子語類》

4.2.7 知是行的主意，行是知的功夫；知是行之始，行是知之成。

王守仁：《傳習錄》

未聞不如耳聞，耳聞不如目睹，目睹不如心領神悟，心領神悟不如身體力行；能學至身體力行就完成了。

學習包括了聞、見、知、行的過程，而最終目的，在於身體力行，實踐所學。

理解得愈清楚，實踐就愈扎實；實踐愈扎實，認識就會更加清晰。

這幾句話說明了認識與實踐的關係。認識與實踐兩者是相互依賴、相互促進的。認識是實踐的前提，反過來實踐又會促進認識的進一步發展。兩者必須結合起來，產生互相推動的作用，才會使自己的認識更加實在和接近真實。

行動因思想而展開，思想以行動為實現手段；思想是行動的開始，行動是思想的完成。

王守仁指出，知和行不可分作兩件事。因為道德意念一旦真實萌動，那即是行。換言之，行為動機已經是行的第一步，而整個行為也是由此帶動的。可見知中有行，行中有知，這就是「知行合一」的說法。

談一談

在認知和實踐的關係上，古人有不同看法。孔子繼承古代傳統，講「知易行難」。到了明代王守仁，發展了「知行合一」的說法。國父孫中山先生首倡革命思想，提出了「知難行易」的口號。其實「知」「行」孰難孰易，只是相對的說法。古人對於知與行（認識和行為、思想和生活），都是結合一起來考慮的。沒有認知帶動，行動就沒有主意；光講不做，認知就沒有着落。

知，是心理活動的過程；行，是行動實踐的過程。古人講的「知」，有時是內在良知良能的知（良知），有時是向外聞見模仿的知（知識）。無論是哪一種「知」，都需要通過「學」來加深了解，通過「習」來反覆鞏固；經過「學而時習之」的探索和試驗階段，再落實為個人的行為和技能。古人固然不會忽略認知的重要性，世間學問哪有不學而知的呢？我們小學時學的加減乘除，也是由淺入深，逐步學起。孔子的兒子孔鯉，曾經告訴別人，父親是怎樣教他讀詩的（《論語．季氏》）。有一天，孔子站在庭中，孔鯉剛走過。孔子問：「學了《詩經》沒有？」答：「沒有」。孔子說：「不學《詩經》，就不懂得應對。」孔鯉於是學習《詩經》。孔子又說：「不學《禮》，無以立。」立身處世，無禮不立，但「禮儀三百，威儀三千」，總得一步一步的練習和實踐，才能內化為我們的行為和修養。由此可見，學與習，知與行，是相輔相成的。

不過，這個「知」，也不是那麼簡單。有些人會強不知以為知，或者不確定其所知，或者自以為知而實為不知等。這些「知」的程度和狀況，都會對「行」產生影響。假使孔子再追問孔鯉：「都懂得《詩經》和《禮》的道理了嗎？」若孔鯉回答：「知道了。」這個「知道」是正如孔子所期待的「知道」嗎？故此，古人對這個「知」的要求也十分嚴格，例如通過聽講、討論、思考、運用、複習、考試等，來加以驗證。學習者本人，也有責任去確定自己是否真的達到「知」的程度和要求。大家記得孔子怎樣教導子路嗎？「由！誨女知之乎！知之為知之，不知為不知，是知也。」(3.1.4) 人貴自知，知其所知，也知道自己所不知，這才是真正的智慧。

然而，古人在知與行之間，還是最重踐行。正如荀子說：「知之不若行之；學至於行之而止矣。」(4.2.5) 知道就要實踐，學習必須身體力行才算是完整；沒有力行實踐，知識只會淪為空談。常見一些同學在學校學習英文生字，琅琅上口，但不久就忘記了，甚至對學習英文產生一種畏避心理。其實原因很簡單，他們的家庭和生活圈子裏沒有英文的語境。由於缺乏練習和實踐，英文就學不成了。就像紙上談兵的趙括，把兵法讀得滾瓜爛熟，但缺乏實踐和實戰的經驗，大敵當前就拙於應變，手忙腳亂，結果一敗塗地，把國家也累慘了。

聽過蜀鄙二僧的故事嗎？兩個和尚，一個貧窮，一個富裕。窮和尚說：「我打算到南海去，你來嗎？」富和尚說：「你憑着甚麼去呢？」窮和尚說：「我只需一個水瓶、一個化緣的缽頭就足夠了。」富和尚說：「我花幾年時間來籌劃，尚且沒預備好。就憑你！」第二年，窮和尚從南海回來了，去找富和尚，富和尚羞愧不已。（彭端淑：《為學一首示子姪》）可見知而不行，只是空話。

至於「知」和「行」的先後問題，有人主張「先知後行」，就是由知識帶動實踐。例如你先學習栽種水仙的方法，才去種植水仙；你先學懂游水的技巧，才到海上暢泳。這是「謀定而後動」。反過來說，「先行後知」，就是通過「行」以獲得「知」，在行動中驗證和修正「知」，然後藉着這個「知」再去「行」。這等於「摸着石頭過河」的道理。例如你要孝順父母，實在不必向人學習甚麼法子，你只要去做就行了。而且在實踐當中，你會體會到很多微妙的道理，讓你做得更好，受用無窮。又如讀書學習，有許多不同理論，各有各說，莫衷一是。但歸根究柢，你不先去「行」，又怎「知」哪一種方法最適合你呢？

行既然如此重要，於是許多人指出實踐是檢驗真理的唯一標準。只要摸着石頭過了河，即是柳暗花明又一村，對真理有更真切的體會。據說著名教育家陶行知，當初叫做陶知行，後來改變想法，認為「行是知之始，知是行之成」，先行而後知更有益於學習，於是把自己的名字改成陶行知。

想一想

朱熹說：「知之愈明，則行之愈篤；行之愈篤，則知之愈明。」知和行兩者，有着互相促進的作用。你在求學的過程中，也有過類似的經驗嗎？

4·3 儀容舉止

4·3·1 **相鼠有皮，人而無儀。人而無儀，不死何為？**

《詩經・鄘風・相鼠》

4·3·2 **敬慎威儀，以近有德。**

《詩經・大雅・民勞》

4·3·3 **子曰：「君子不重，則不威；學則不固。」**

《論語・學而》

4·3·4 **君子正其衣冠，尊其瞻視，儼然人望而畏之，斯不亦威而不猛乎！**

《論語・堯曰》

看看老鼠尚有皮，做人怎不講禮儀？若是做人沒禮儀，何不早死還苟活？

禮義廉恥是人與禽獸的分別；那好比人的一層皮，失去了，就連老鼠也不如了。

莊重自己的儀容，戒慎自己的舉止，親近有德之人。

恭敬謹慎是展現威儀的重要態度，反之，不敬慎或驕傲怠慢則不能致威儀。

孔子說：「君子不嚴肅、莊重，就沒有威嚴，所學習的東西就不穩固。」

一個人態度欠缺嚴肅認真，舉止輕佻浮躁，那麼他的學習、修養便不會踏實和牢固。

君子衣冠整齊，正目而視，很有威儀，別人見了都很敬畏，這不就是威嚴而不兇猛嗎？

君子並非因為身居上位，操生殺之柄，而令人望而生畏；而是端莊有禮、態度謹嚴，由內而外散發出一份涵養，予人威而不猛、又敬又畏的感受。

4·3·5 君子所性，仁義禮智根於心。其生色也，睟然見於面，盎於背，施於四體，四體不言而喻。

《孟子·盡心上》

4·3·6 孟子曰：「形色，天性也；惟聖人，然後可以踐形。」

《孟子·盡心上》

4·3·7 君子之學也，入乎耳，箸乎心，布乎四體，形乎動靜；端而言，蝡而動，一可以為法則。小人之學也，入乎耳，出乎口，口、耳之間則四寸耳，曷足以美七尺之軀哉？古之學者為己，今之學者為人。君子之學也，以美其身，小人之學也，以為禽犢。

《荀子·勸學》

語譯　君子的天性，本之於內心的仁義禮智；而展現出來的儀表：顏容溫潤，體態敦厚，舉手投足之間，不必言說，已讓人敬服。

說明　只要誠於中，必定形之於外；內充實，儀表就呈現出來。

語譯　孟子說：「即使形軀容顏，都賦予了天性的美善。但只有聖人，才能把它完全展現出來。」

說明　形軀也可以成為道的載體。可一般人一顰一笑、一舉手一投足，往往受到外物誘惑而表現得貪婪、醜陋，只有聖人能夠不為所動，使一己言行無不合道，把天賦的美善，透過儀容風度、身體語言展現出來。

語譯　君子對於學習，聽在耳裏，記在心裏，體現在行動裏，表現在作息裏，哪怕是極細微的一言一行，都可以作為別人學習的榜樣。小人的學習是從耳聽，從嘴出，兩者相距不過四寸罷了，怎麼能夠完善他的七尺之軀呢？古人學習是本身需要，今人學習是順隨人意。君子學習是為了完善自我，小人學習是為了賣弄和討人喜歡。

說明　為學的目的是讓自己的視、聽、言、動都受到規範，由外而內變得完美。故儒學又稱為「為己之學」。「為己」不是說自私自利，攫取利益，而是管好自己的視、聽、言、動，也要修養品德，修己助人，內內外外都完善自己。

談一談

元朝時，有一位學者胡石塘應聘入京，拜見忽必烈。一時緊張，不覺把笠子戴歪了。忽必烈問：「你平常都學些甚麼？」胡石塘緊張地回答：「不偏不倚的治國之道。」忽必烈笑說：「你連自己的帽子都戴不好，要我如何相信你做事也能不偏不倚呢？」胡石塘頗富才學，因久棲山中，忽被召見，趨步張皇，把帽子也戴歪了，活脱脱一副文人窮酸相，結果受到輕視，為天下人笑。可見讀書人不單要有真才實學，也要儀容端正，談吐大方。

古人稱士人的儀容舉止、服飾儀表為「威儀」。《禮記．中庸》就講到「禮儀三百，威儀三千」。三百和三千，説的都不是實數。「禮儀三百」是綱領，「威儀三千」是踐行。由三百變為三千，是指我們透過學習禮儀，即使面對千變萬化的生活情境，也能從容應對，應付裕如。例如行禮時要做到「正容體，齊顏色，順辭令」（《禮記．冠義》），那就是舉止要端正，容貌要端莊，聲氣要恭順。但現實生活中有不同處境，人也有喜、怒、哀、樂、愛、惡等不同感情；無論在甚麼情境下，你的一舉手，一投足，都要表現出一種有教養、有涵養的威儀，這並非易事。到達這個境界，禮儀已經內化為一個人的風度、風采。

時至今天，社會崇尚簡便隨意，許多讀書人都不修邊幅，甚至談吐低俗，令人十分失望。這跟孔子提出的「文質彬彬，然後君子」相去甚遠。根據《史記》記載，孔子自幼習禮。別的孩子總愛放風箏、捏泥人、抓蟋蟀、捉蜻蜓、拉黃狗；他玩的卻是「陳俎豆，設禮容」，學着那些貴族官員，排列禮器，演練禮儀。所謂「禮容」，《禮記・玉藻》有「足容重，手容恭，目容端，口容止，聲容靜，頭容直，氣容肅，立容德，色容莊，坐如尸」的説法。總之，走路、揮手、舉目、張嘴、發聲、抬頭、呼氣、站立、表情、坐姿，每樣都有仔細規定。人家以死板板的習禮為苦差，孔子卻自主學習，在遊戲中學習，樂趣無窮，體會深刻。

據説孔子曾經教導兒子孔鯉修飾儀容，孔鯉反問：「君子不是應該重視本質，不需要講究文采嗎？」孔子解釋如果一個人質樸勝過文采，就顯得粗野；文采勝過質樸，就顯得虛浮；文采和質樸兼備，才稱得上君子。（《論語・雍也》）又孔子有一個好朋友原壤，是一個不拘禮法的人。一天他叉開雙腿坐着等孔子，這是一種非常不禮貌的動作。孔子説：「你小時候不懂禮貌就算了，長大了還是老樣子，到老了還不快死，這真是個禍害！」説完，孔子用拐杖敲了敲他的小腿。（《論語・憲問》）由此可見孔子對儀容舉止的重視。此外，孔子的學生也十分重視禮儀。子路死難時就有「君子死，冠不免」的悲壯故事（《左傳・哀公十五年》）。驍勇的子路在一次戰鬥中落於下風，更被人用戈將繫「冠」的帶子割斷了。子路馬上停下來，彎下身子，撿起了象徵身份的冠，再繫上帶子。敵人看見，眼也發直了，趁虛把子路殺害。子路捨身護禮，死後卻受醢刑，即剁成肉泥。孔子知道後十分傷心，從此不吃肉醬。

至於孟子，他主張性善，認為仁義禮智早已具備於吾心，但總得通過禮儀把本性的美善呈現出來，否則講了白講。荀子主張性惡，認為本性裏都沒有甚麼好東西，而禮樂教化恰恰把儀容舉止、情感態度加以矯正過來，搞不好就只是白忙一場。前者是一個由內而外的仁德實現過程；後者則是一個由外而內的變化氣質過程。無論哪一種説法，重點仍然是「發乎情，止乎禮」，讓情感和禮儀達於一致。但那需要逐步學習，始能有得。《韓詩外傳》有一個「孟子欲休妻」的故事。孟子妻子獨自在房間，伸開兩腿坐着。孟子推門看見了，對母親説妻子不講禮儀，要休了她。孟母查問後，説：「你怎麼知道的？」孟子説：「我親眼看見的。」孟母説：「這是你沒禮貌吧。」因為那是妻子休息的地方，即使丈夫將要進屋，也要事先揚聲。孟子認識到自己錯了，不敢休妻。由此可見，禮是死的，行禮是要靈活變化的。

總之，儀容舉止所以受到重視，是因為「觀其容而知其心」。所謂有諸內，形諸外，一個人的外在表現，完全反映了這個人的內在修養。就以眼睛來説，孔子説目光要端正（「尊其瞻視」）。孟子也説：「存乎人者，莫良於眸子。眸子不能掩其惡。胸中正，則眸子瞭焉；胸中不正，則眸子眊焉。聽其言也，觀其眸子，人焉廋哉？」（《孟子．離婁上》）觀察一個人，再沒有比觀察他的眼睛更好了。因為眼睛不會説謊。心正，眼睛就凌厲明亮；心不正，眼睛就晦暗無光。聽一個人説話，就看着他的眼睛，他還可以隱藏些甚麼？

同學們，你認為孟子的説法行得通嗎？

想一想

有些朋友言談低俗，舉止粗魯，你會遠離他們嗎？反過來，你認為自己在言談舉止方面的表現怎樣？

4.4 長善救失

4.4.1 善不積，不足以成名；惡不積，不足以滅身。

《周易・繫辭下》

4.4.2 不矜細行，終累大德；為山九仞，功虧一簣。

《尚書・旅獒》

4.4.3 見善，如不及；見不善，如探湯。

《論語・季氏》

多做好事，聲譽自高；壞事做盡，必毀滅自己。

小人為甚麼會「積惡滅身」呢？皆因「小人以小善為無益而弗為也，以小惡為無傷而弗去也，故惡積而不可掩，罪大而不可解」（《周易・繫辭下》）。他們想做好事又不見其利，故不願做；做了壞事總圖僥倖，於是不斷做。最後，終至惡貫滿盈，罪不容赦。

不注重小節，終於拖累個人品格；就好像堆積山丘一樣，要達成九仞的高度，卻還差那小小一筐土。

人的修養，就是從小節着眼，艱苦學習，積少成多，終至一定的高度，建立美德。但積善成德，必須努力經營，堅持到底，即使一簣之差，只差一丁點兒，始終夠不上那個水平，也是徒勞無功。

看見好事，像趕不上似地去追求；看見邪惡，像觸及沸水般躲開。

好事趕着去做，壞事去之惟恐不及。正如古語說：「從善如登，從惡如崩。」（《國語・周語》）行善就如登山涉險一樣艱難；從惡卻如同山嶽崩塌般勢不可擋。

4·4·4 子曰：「由也，女聞六言六蔽矣乎？」對曰：「未也。」「居，吾語女。好仁不好學，其蔽也愚；好知不好學，其蔽也蕩；好信不好學，其蔽也賊；好直不好學，其蔽也絞；好勇不好學，其蔽也亂；好剛不好學，其蔽也狂。」

《論語・陽貨》

4·4·5 人之學也，或失則多，或失則寡，或失則易，或失則止。此四者，心之莫同也；知其心，然後能救其失也。教也者，長善而救其失者也。

《禮記・學記》

4·4·6 大舜有大焉：善與人同，舍己從人，樂取於人以為善。……取諸人以為善，是與人為善者也。

《孟子・公孫丑上》

孔子說：「由呀，你聽過六種美德和六種弊病了嗎？」子路回答說：「沒有。」孔子說：「坐下，我告訴你。徒有仁愛卻不愛學習，弊病是陷於愚昧；愛好智慧卻不愛學習，弊病是流於狂放；愛好誠信卻不愛學習，弊病是遭受傷害；愛好正直卻不愛學習，弊病是急進偏激；愛好勇敢卻不愛學習，弊病是好生事端；愛好剛強卻不愛學習，弊病是傲慢自大。」

孔子承認每個人都有優點和缺點，故人是沒有完美的。於是，學習就變得十分重要，一方面要修正自己的缺點和不足，另一方面要好好發揮優點，不要把它埋沒。

人們學習：有的貪多務得，有的淺嘗輒止，有的輕率隨意，有的畫地自限。這四種毛病，源於不同的學習心理。教師先要搞清楚他們的想法，才能對症下藥，糾正失誤。故教師就是善於發現學生優點並糾正其失誤的人。

多與寡，易與止，各有所短，也各有所長；必須取長補短，始能改善學習。

大舜真偉大，他對於行善，沒有人我之分，拋棄自己的惡習，接受人家長處，樂於吸取別人優點來做好事。……吸取別人的優點來行善，也就是與別人一起來行善。

與人為善，善與人同，說的是吸取別人優點，改正自己缺點，並在社會上形成一股正能量。

談一談

船在大海航行，雖認着目的地前進，仍然不斷受到風向、水流、地形和其他船舶的影響；要不時修正航道，並不是一條直線走到尾。在修養的過程中，我們也要不斷修正自己，把優點加強，把缺點減少，做到長善救失。

對於長善救失，可以從兩個層面來講。首先，從量方面去加強善行，然後逐步把不善擠壓掉。例如《周易》《尚書》等古籍，經常強調積善行、矜細行。好事要從小事做起，積小成大，也可成就品格；壞事亦要從小事開始防範，否則積少成多，也會累了大德。《尚書》就有「不矜細行，終累大德」(4.4.2)的說法。一個人在小節上不謹慎，終究成就不了美好的德行。主性惡的荀子就特別強調累積法，他說：「積善成德，而神明自得，聖心備焉」(《荀子．勸學》)。就是不斷存好心，做好事；久而久之，成了習慣，由量變而產生質變，那就不用擔心行為出現偏差了。大家還記得劉蓉的《習慣說》嗎？劉蓉少時在養晦堂西側一間屋子裏讀書。屋裏有個窪坑，他踱步經過時常被絆一下；當初感到很彆扭，日子久了就習慣了。後來劉蓉父親叫童僕將窪坑填平。劉蓉走過時感覺地面竟像隆起似的，大吃一驚。如是這般經歷一段日子又漸漸習慣下來。劉蓉從中領悟到「習染誤人」(「習之中人甚矣哉」)的道理。

「勿以善小而弗為，勿以惡小而為之」，這是劉備去世前給兒子劉禪遺詔中的兩句話。可惜，劉禪就是做不到。可見這種簡單的累積法也非易事。《國語·周語》説：「從善如登，從惡如崩。」一個人學好很難，學壞極容易：學壞有利欲鳴鑼開道，就如山崩般垮下，摧枯拉朽；從善如登山，需要堅強的毅力和勇氣，是件非常艱苦的工作。

不過，有人説累積法有時太過盲目了，有些人糊裏糊塗，不看對象，不明就裏，不辨情況，好心做壞事，反而更糟。而且，每人天賦不同，無論怎樣累積鍛煉，你總不能把一個專注學術研究的學者，培養成一個勇敢無畏的戰士；也不能把一個潛心藝術的畫家，培養成一個活力充沛的運動員。即使做到了一些，那又有甚麼好處呢？

於是，古人又從另一層面講長善救失，並提出了很多鋪橋造路的方法。《學記》指出每個人的學習情況各有不同，有些人太過，有些人不及，故必須作出了解，始能從質方面加以補偏救弊，即所謂「知其心，然後能救其失也。教也者，長善而救其失者也」(4.4.5)。例如孔子強調人縱有很好的天賦，也要通過學習來修正；孟子提出要捨棄自己缺點，欣賞、學習別人優點，樂於吸取別人的長處來行善。

談一談

值得一提的是，古人並非一味批評一個人的缺點，也會尊重個別差異，發展不同能力。例如《學記》指學者「或失則多，或失則寡，或失則易，或失則止」(4.4.5)，各有其弊，但「多」者博採，「寡」者選精，「易」者靈活，「止」者專注，也各有所長。又「仁、知、信、直、勇、剛」，其弊不同(4.4.4)，例如不辨對象，對壞人仁慈；不辨情況，逞匹夫之勇等，後果一定很糟。但通過學習，因材施教，缺點可以轉化成優點。

根據《論語．先進》記載，有一次，子路跑來問孔子：「聽到一件合於義理的事，就馬上去做嗎？」孔子白了子路一眼，說：「還有父兄在上，怎麼可以自作主張去做呢？」子路剛走開，冉有也悄悄過來問：「聽到一件合於義理的事，就馬上去做嗎？」孔子親切地說：「好，聽到了，就該去做。」冉有興沖沖地出去了。公西華冷眼旁觀，不禁疑惑，問道：「子路問：『聽到一件合於義理的事，就馬上去做嗎？』老師說：『還有父兄在上。』冉有問：『聽到一件合於義理的事，就去做它嗎？』老師說：『聽到了，就該去做。』前後答案不同，請問這是甚麼緣故？」一個問題，竟然有兩套標準答案，學生的確夠困惑的了。孔子於是說：「冉求（冉有）生性謙退，所以鼓勵他進取；仲由（子路）生性好強，所以抑制他，使他懂得退讓些。」從這個因材施教的故事，我們可以看到孔子「長善救失」的教育藝術。

孔子學生中，孟子其實特別讚賞子路，因為別人指出他的過失，子路只管歡喜，並馬上改正，這是多麼可愛的性格。孟子也讚美大舜見賢思齊，善與人同，跟別人一道為善，以壯大為善的聲勢。總之，要做到長善救失，個人的胸襟和學習態度極為重要。同學們，你也有去惡從善，善與人同的決心嗎？

想一想

假如你要為自己訂定一個長善救失的行動方案，你認為自己有哪些地方做得較好？哪些地方必須改善？你有哪些長善救失的辦法？

4·5 守謙戒傲

4·5·1 **謙謙君子，卑以自牧。**

《周易・謙卦》

4·5·2 **惟德動天，無遠弗屆。滿招損，謙受益，時乃天道。**

《尚書・大禹謨》

4·5·3 **德日新，萬邦惟懷；志自滿，九族乃離。**

《尚書・仲虺之誥》

4·5·4 **子曰：「君子泰而不驕；小人驕而不泰。」**

《論語・子路》

君子應該自甘卑下，謙虛自守，以「謙」來約束自己。

《周易》六十四卦中，每卦都吉凶互見，因為人世間難得完美。當中唯有《謙卦》六爻皆吉，足見「謙」為待人處事的根本功夫。不管是甚麼樣的人，只要能謙虛自處，自能有容乃大，左右逢源。

只有德行能感動上天，無論多遠的地方都能到達。自滿會招來損害，謙虛會獲得益處，這就是天道。

古人觀察滿月後亮光一天一天減少；新月後光明一天一天增加，由此體會到驕傲自滿有害，謙虛謹慎有益的道理。當年禹率兵討伐有苗，有苗始終不肯歸順。大臣伯益指出單憑武力解決不了問題，建議禹以謙虛包容的品德來感化有苗，使他們歸順。

一個人德行天天增長，天下萬國都來歸附；驕傲自滿，就眾叛親離。

這句話概括了當年武王伐紂，以弱勝強的原因。

孔子說：「君子舒泰而不驕傲，小人驕傲而不舒泰。」

有修養的人，由內而外散發着自信，故氣定神閒；沒有修養的人，雖驕態橫溢，骨子裏卻欠缺信心，故心浮氣躁。

4·5·5 傲不可長，欲不可縱，志不可滿，樂不可極。

《禮記・曲禮上》

4·5·6 孔子曰：「聰明聖知，守之以愚；功被[披]天下，守之以讓；勇力撫世，守之以怯；富有四海，守之以謙，此所謂挹[邑]而損之之道也。」

《荀子・宥坐》

4·5·7 持而盈之，不如其已；揣而梲[銳]之，不可長保。金玉滿堂，莫之能守；富貴而驕，自遺其咎。

《老子・九章》

語譯 **傲慢之心不可滋長，欲望不可放縱不收，心裏不可自滿，享樂不可無度。**

說明 人一旦驕傲自滿，就難免自以為是，剛愎自用，聽不進逆耳之言，故此聰明的人也要變得愚蠢，想法也脫離了實際。反之，謙和有禮，待人以誠，自能受人敬重。

語譯 **孔子說：「聰明睿智而能自安於愚，功高世上而能謙讓自持，勇力蓋世而能怯弱謹慎，富甲天下而能謙遜不驕，說的就是謙抑再加謙抑的處世之道啊！」**

說明 孔子觀周廟欹器（類似沙漏的計時器）後，藉愚、讓、怯、謙等謙德來說明持中之道。

語譯 **執持滿滿，倒不如適可而止；鋒芒太露，勢難長保。滿屋財寶，如何守禦；富貴驕奢，自取其禍。**

說明 老子從事物發展有盛有衰的規律來說明甚麼事情也要適可而止，故不能驕傲。

談一談

古人十分重視謙遜，認為是一種美德；相反，驕傲自大卻有莫大的壞處。

就像歷史上的楚河漢界、劉項相爭。在鴻門宴上，項羽隨時可以按議定好的計劃，把劉邦殺掉，但他獨斷獨行，驕態畢露，沒有將表現謙卑的劉邦放在眼裏，白白把自己最大的敵人放走，種下劉成項敗的惡果。劉邦則謙虛大度，聽從部下意見，將士在關鍵時刻得以臨危效命，取得了最後勝利。

對於謙虛，《周易・謙卦》有「一謙四益」的說法，那就是「天道虧盈而益謙，地道變盈而流謙，鬼神害盈而福謙，人道惡盈而好謙」。天道是：日上中天，改為緩緩下降；月圓而缺，彎月又再滿盈。地道是：築起高堤，河水滿溢而崩；水向下流，低處得其潤澤。神道是：傲慢無禮，鬼神不會保佑；心存虔敬，反得神靈福蔭。人道是：自高自大，只會被人厭棄；虛心謙厚，為眾人所擁護。古人認為，無論天道、地道、神道抑或人道也好，都是盈滿者虧損而謙虛者得益。凡過分自滿的人，有己無人，一意孤行，愛聽別人的褒揚，聽不進善意的批評，做事時等於單打獨鬥，往往自招失敗。謙虛謹慎、虛懷若谷的人，虛心以待，擇善而從，接納別人批評，吸收不同觀點，能夠建立起良好的人際關係，得到別人傾心盡力的幫助，故得時、得勢、得運、得人，能更具勝算。

謙虛的人，誠懇真摯，態度親切，令人如沐春風，樂意與他接近和交往。《周易·謙卦》說：「謙謙君子，卑以自牧。」(4.5.1) 君子即使處於卑微的地位，也能以謙虛的態度來自我約束。《論語·述而》就記載了幾段孔子行謙德的話。例如：「子曰：『若聖與仁，則吾豈敢？抑為之不厭，誨人不倦，則可謂云爾已矣。』公西華曰：『正唯弟子不能學也。』」孔子說聖與仁的讚語，他怎麼敢當呢。他不過是向着這方面不厭地學習，不倦地教導，只能說是如此而已。公西華指出夫子德行高尚，卻謙恭虛己，這正是弟子們無法學到的地方。

反過來說，身邊常有些人，驕傲自大，稍有所成，就志得意滿，洋洋得意，目空一切，看不起人。故此，驕傲的人，不再虛心求進，也不容易被人接納。《晏子春秋》有一個「晏子僕御」的故事，說明了驕傲只會讓身邊的人看不起。晏子擔任齊國的相國。一天外出，車夫的妻子從門縫裏偷看自己丈夫。她丈夫替晏子駕車，坐在傘下，鞭策四馬，趾高氣昂，洋洋得意。車夫回家後，妻子要求離婚。車夫問她原因，妻子說：「晏子身高不夠六尺，身為齊相，名聞天下。今天我看他出門，沉潛內斂，處處顯得謙遜退讓。而你身高八尺，做人家車夫，卻自以為了不起，感到滿足。我因此要求離婚。」自此之後，車夫懂得收斂，謙卑多了。晏子覺得奇怪，於是問他怎麼回事。車夫據實相告，晏子就推薦他做大夫。這個故事突出了三個人的美德。車夫妻子觀察入微，懂得驕傲的害處，於是發揮賢內之助，不惜以離婚相諫。車夫因「擁大蓋，策駟馬」而自我感覺良好，驕傲自滿，後來從善如流，接納妻子意見，痛改前非。晏子謙虛親和，與人為善，賞識人才。這個故事圍繞着「滿招損，謙受益」此一主題，成就了賢妻、善人與良相，成為千古佳話。

另一方面，驕傲的人心浮氣躁，不肯踏實苦幹，一旦遇到挫折，往往會一蹶不振。而謙遜的人默默耕耘，踏實苦幹，不去爭一日之長短，亦不畏任何困難和挑戰。還記得中學畢業時，葉玉樹老師贈我以文，告誡我千萬不能有傲氣，但不可沒有傲骨。他說：「傲氣不可有，傲骨不可無。略有小成，便驕態橫生，形於嘴臉，溢於言辭，趾高氣揚，輕佻見乎眉眼，以虛盛之勢迫人凌人者，傲氣也。沉潛堅毅，果敢自信，自視為道義之所在，為所應為，為人所不敢為；縱或誘于勢利，迫于形勢，道義所不在，眾心之所非，亦自不屑為之，不屑從之也；待人處事，全心盡力，無論結果好壞，利鈍成敗，內省反思，仰不愧于天，俯不怍于人；坦蕩曠朗，清平寧夷，一如恆常，夫是之謂傲骨。」

可知謙遜的人也不是一味退讓，還須有做人的原則和道德的底線。無論事情有多困難，只要道義所在，我們都要不卑不亢，迎難而上。歷史上，陶潛不為五斗米折腰；李白腰間有傲骨，不能「摧眉折腰事權貴」；魯迅「橫眉冷對千夫指，俯首甘為孺子牛」；這些偉人都具有不懼權勢的傲骨。

想一想

為甚麼驕傲的人經不起挫折，謙虛的人卻較有毅力？

在古人眼中，那些想得多，做得少，甚或空想不做的人，自以為自己甚麼都知，其實甚麼都不行。王廷相《石龍書院學辯》有以下一段話：

原文 世有閉戶而學操舟之術者，何以舵、何以招、何以檣、何以帆、何以引笮，乃罔不講而預也。及夫出而試諸山溪之濫，大者，風水奪其能；次者，灘旋汩其智，其不緣而敗者幾希！何也？風水之險，必熟其機者，然後能審而應之；虛講而臆度，不足以擅其功矣。夫山溪且爾，而況江河之澎洶，海洋之渺茫乎？彼徒泛講而無實歷者，何以異此！

譯文 從前有坐在家裏來學習駕船技術的人：怎樣使舵？怎樣打手勢？怎樣搖櫓？怎樣操帆？怎樣拉纜繩？他沒有一處不講得清楚，想得仔細。一旦登船出航，在山川溪流間實踐所學：首先大風大浪一起，他已無能為力；其次遇上險灘漩渦，又超乎他的智慧想像；不因此而招致失敗的人又有多少呢！為甚麼呢？風浪的險情，一定要熟習情況，才能審察時機加以應變；只憑嘴上講講或心中想像，是不能掌握駕船技術的。山間的溪流尚且如此，更何況大江大河的洶湧，甚或海洋的無邊無際呢？那些誇誇其談又沒有實際經驗的人，與這個學習駕船的人有甚麼不同呢？

有趣的是，如果說古人十分重視踐行，那麼人的行為、行動，是否如實地反映他的想法（知）？墨子對於人的行為有這樣的理解（《墨子·魯問》）：

原文 魯君謂子墨子曰：「我有二子，一人者好學，一人者好分人財，孰以為太子而可？」子墨子曰：「未可知也，或所為賞與為是也。魡者之恭，非為魚賜也；餌鼠以蟲，非愛之也。吾願主君之合其志功而觀焉。」

譯文 魯國國君對墨子說：「我有兩個兒子，一個專注學習，一個樂善好施，你看誰可以當太子呢？」墨子回答：「不知道。他們也許是為着獎賞和名譽才這樣做的。垂釣者躬身行禮的樣子，並不是對魚表示恭敬；以餌誘鼠，也並非喜愛老鼠。所以我希望主君能把他們的動機和效果結合起來進行觀察。」

第一問

在知和行的關係上，《石龍書院學辯》上述文字給了我們甚麼啟示？又以下兩件事，你認為認知困難，抑或實踐困難？

❶ 改善學習方法

❷ 以禮待人

第二問

按墨子的說法，人的言行舉止為甚麼不能完全反映人的內心想法？那麼我們還需要修養自己的一言一行嗎？

在知和行的關係上，《石龍書院學辯》上述文字給了我們甚麼啟示？又以下兩件事，你認為認知困難，抑或實踐困難？

❶ 改善學習方法

❷ 以禮待人

在知和行的關係上，《石龍書院學辯》告訴我們「彼徒泛講而無實歷者」是注定失敗的。王廷相舉學習駕船為例：即使掌舵、打手勢、搖櫓、操帆、拉縴的知識和方法都學習了、知道了，倘若缺乏出航的實際經驗，一旦遇上大風大浪就無能為力。為甚麼踐行比認知更加重要？因為踐行涉及經驗的累積，那包括了實際應用、應付不同情況和危機處理等問題。這些知識和道理都不是紙上談兵或單憑想像就可以學到的。當然，王廷相沒有貶低認知的重要，他批評的僅是那些重知不重行或空講不做的人。

至於以下兩件事，究竟認知困難，抑或實踐困難，那是因人而異、因情境而異的。

❶ 改善學習方法

❷ 以禮待人

從表面來看，學習方法涉及許多不同理論，即使不同的學科，學習方法也大有不同，必須加強認知才能對症下藥，加以改善。另一方面，以禮待人的道理我們應該從小就學習和懂得，而關鍵在於是否付諸行動。故前者當要加強認知，先知後行；後者首要落實踐行，故行重於知。

但實際上有些人以不知為知，錯用方法或態度來盲目踐行。例如單用死記硬背的方式來學習數學而不知變通；用對待朋輩的戲謔方式來對待尊長反以為更加親切，有時會弄出不少笑話。另一方面，你學懂很多學習方法的理論了，懂得要講禮貌了，可光講不做，沒有實際應用出來，那也是白講。

此外，每個人稟賦不同，在知和行的表現上也有分別。例如一些天資聰穎的人，悟性極高，道理容易明白，於是驕傲自滿，輕視練習，以致知而不行；也有資質魯鈍的人，甘於踏實地苦幹，可惜領悟力不高，對不明白的地方，拙於啟齒，不肯請教別人，以致認知不足。

又或處於學習風氣良好，或家教極好的環境中，同學受到老師或長輩的引導和薰陶，在知和行兩方面都毫無難度，這就是「蓬生麻中，不扶而直」（《荀子·勸學》）的道理。反之，正如《孔子家語》說的「與不善人居，如入鮑魚之肆，久而不聞其臭，亦與之化矣」（和品行低下的人走在一起，就像到了賣鹹魚的作坊，時間長了就不覺其臭，因為已經融入到環境裏了）。所謂「近墨者黑」，要改善，自然困難重重。

故此，知行孰易孰難，端視種種主觀和客觀因素，而學者對自己學習情況的了解至為關鍵。正如《禮記·學記》所說：「知其心，然後能救其失也。」(4.4.5)

按墨子的說法，人的言行舉止為甚麼不能完全反映人的內心想法？那麼我們還需要修養自己的一言一行嗎？

按墨子的說法，人的言行舉止未必能完全反映人的內心想法。垂釣者在岸邊垂首而跪，極像躬身行禮，這並非向魚表示恭敬感恩，而是靜待魚兒上鈎。捕鼠者以餌誘鼠，也非表示仁慈喜愛，而是對牠有所圖謀。魯國國君的兩個兒子，一個專注學習，一個樂善好施，這些行為表現（恭敬的形象、仁愛的名聲）可能是兩人努力經營出來的效果，動機其實是取悦父親，博取獎賞，想當太子。故人的言行舉止（表現和效果）不能盡信，還要結合這些行為的可能動機來一起進行觀察、考慮，才能得知真相。

至於是否基於行為的不能盡信，於是我們就不需要修養自己的一言一行，答案是否定的。我們所以要注重儀表、謹慎説話、規管行為，因為我們要提升自己，做一個有品格、有風度的人，讓自己的生命更有價值，更有意義和更有光彩。有些人的行為表現，內外不一，着實令我們失望，但總不能因此就降低對自己的要求，變成自居下流、自甘墮落，這不值得。另一方面，更不能因為別人會對自己的良好行為表示懷疑或不信任，於是失去改善言行舉止的決心，以符合別人的預期。這種削足適履的方式，更加不合理。

第五章

道德・憂樂

君子小人
天下通德
明哲保身
生於憂患
樂以天下

甚麼是道德？世上是否有一套客觀的道德規律，放在那裏，化成了一條又一條的規則，讓我們來奉行和遵守？就像學校的校規那樣 —— 甚麼准做，甚麼不准做，都寫得清清楚楚。相信很多人都有過犯校規的經驗。那天你有急事使用手機，給老師發現了要記缺點，你心裏一定很不爽。你會問：校規是誰定的？

又回到古人講的道德，例如：仁義禮智等。你可能也會問：這些都是誰定的？古人會説：那不是甚麼人所定下來的教條，那其實源自於我們內心的道德感情。這些感情，例如惻隱、羞惡、辭讓、是非，都是人心之所同，每一個人都具備的。

還記得孟子那著名的事例 ——「孺子入井」嗎？一個幼童快要墮到井中，當下的一剎那，你心裏的即時反應是甚麼？是驚懼，是不忍心，是難以接受。你會閉上眼睛，不想看。這是一種本能反應，既不是為了與孩子父母攀交情，也不是為了博取名譽求出位，更不是怕沾上見死不救的壞名聲。你根本來不及作出這些複雜的思考。

那路邊討飯的乞丐，羞恥心已降到最低了。你拿着一碗米飯、一碗熱湯，像呼狗一樣吆喝他過來，用腳把剩飯踢給他。我敢説，他就是餓死也不會吃。

上面兩個例子，前者是憐憫心，後者是羞恥心。你有憐憫心，我也有憐憫心。當你過着可以的生活，看見別人受苦，在生和死的邊緣掙扎，你會義無反顧地幫助有需要的人，讓他們也分享到快樂。我有羞恥心，你也有羞恥心。有些事情可讓你得到好處，但觸犯了做人的底線，讓你感到極大的羞恥，你做不做？你當然不會做，做了，你會自責、內疚，就好像一根刺一樣一直深深的扎在心裏。

所以，世上並不存在甚麼現成的道德規條。該做甚麼？不該做甚麼？都是你自己道德心靈所作出的判斷。

5.1

君子小人

5.1.1 子曰：「君子喻於義，小人喻於利。」

《論語 · 里仁》

5.1.2 子曰：「君子求諸己，小人求諸人。」

《論語 · 衛靈公》

5.1.3 子曰：「君子懷德，小人懷土；君子懷刑，小人懷惠。」

《論語 · 里仁》

5.1.4 子曰：「君子成人之美，不成人之惡；小人反是。」

《論語 · 顏淵》

孔子說：「君子能夠領悟的是道義，小人能夠領悟的是利益。」

孔子以前，君子、小人之不同，在於身份和地位。到了孔子，君子小人的區別，在於他們對義利的不同看法。這是一種價值觀的轉變，由從前地位、權勢、名利為先，到德本財末的轉變。孔子認為君子待人處事，着眼點在於道義，並不計較個人利害得失；至於小人，沒有君子的道德包袱，考慮問題和作出抉擇，自然着眼於利益，道義反居其次，甚或置之不理。

孔子說：「君子要求的是自己，小人要求的是別人。」

君子反求諸己，向自己查找不足；小人把責任推到別人身上。

孔子說：「君子關心的是德行，小人關心的是產業；君子關心的是禮法，小人關心的是恩惠。」

德行是對自己品格的要求，禮法是對自己行為的要求，是求諸己；求田問舍為的是謀取更多財富，討取恩惠為的是獲得更多好處，是求諸人。

孔子說：「君子幫助別人完成善行，不會幫助別人做不好的事，小人則正好相反。」

世道滄涼，各家自掃門前雪，有多少人樂意成人之美呢？反而冷眼旁觀、幸災樂禍的人，卻比比皆是。

5.1.5 子曰：「君子不可小知，而可大受也；小人不可大受，而可小知也。」

《論語．衛靈公》

5.1.6 子曰：「君子坦蕩蕩，小人長戚戚。」

《論語．述而》

5.1.7 子曰：「君子固窮；小人窮斯濫矣。」

《論語．衛靈公》

5.1.8 子曰：「君子上達，小人下達。」

《論語．憲問》

語譯 孔子說：「君子無法在小處顯示才幹，卻可以接受重大任務；小人無法承擔重大任務，卻可以在小處顯示才幹。」

說明 君子小人器局不同，各有其用。君子內斂、有領導才能而無街頭智慧；小人機巧多變、有小聰明而無大將之風。兩者能力不同，但在不同崗位上各有發揮。

語譯 孔子說：「君子心胸光明開朗，小人經常愁眉苦臉。」

說明 君子遵從原則，義無反顧，故氣定神閒；小人關心利益，斤斤計較，故患得患失。

語譯 孔子說：「君子處於困難境況仍能堅持原則；小人一窮，就未必能堅持操守了。」

說明 貧富、窮通、禍福，都是生活中的考驗；君子「時窮節乃見」，小人卻「窮則思變」。

語譯 孔子說：「君子不斷上進，實踐道義；小人放縱欲望，追求利益。」

說明 上達就是上通性與天命之理，也就是達於仁義；下達就是在市井間鑽營，求得財利。君子講修道，小人管營生；兩者目標不同，能力亦有分別。

談一談

君子和小人，最初指的是貴族與平民。到了孔子，將「君子」賦予了道德的含義。這是孔子的偉大貢獻。在那個貴族的時代裏，他敢於指出：沒有修養的貴族，也是小人；有教養的百姓，也配稱君子。君子、小人的分野，不在身份地位，而在於個人修養。自此，君子亦成為了儒家的理想人格。

甚麼是君子？君子有着崇高的信念，有優雅的修養和品味。跟重利的小人不同，君子講的是道義，守的是禮節。所以我們說：「君子坦蕩蕩，小人長戚戚。」(5.1.6) 因為君子行事光明磊落，只問付出，不畏困難，不計回報，胸襟永遠是光風霽月；小人受利益驅動，忙於算計，故終日患得患失，愁眉苦臉。君子堅守個人原則，但尊重別人，容許有不同意見，務求彼此包容，達到和諧共贏，故「君子和而不同」。小人只重個人利益，排斥異己，消滅差別，為達目的，不惜拉幫結派，同流合污，表面上達於一致，骨子裏卻各懷鬼胎，故「小人同而不和」。

小人為己，君子為人。小人從個人利益出發，不懂得為他人設想；君子則樂助他人，與人為善。有一次，子路問孔子甚麼叫君子（《論語．憲問》）。孔子說：「修己以敬。」（讓自己一直保持嚴肅敬慎的態度。）子路說：「這樣就夠了嗎？」孔子說：「修己以安人。」（讓身邊的人安樂和諧。）子路說：「這樣就夠了嗎？」孔子說：「修己以安百姓。」（讓所有百姓都能安居樂業。）換言之，君子要有修身、齊家、治國、平天下的使命感。

由於君子受人敬重，也讓人減少提防，於是社會上出現了不少「偽君子」。他們表面正派高尚，處處退讓；內裏居心不良，利益至上。所以很多人都說：「寧做真小人，不做偽君子。」小人裏裏外外都講利，反而讓人一清二楚，合則來，不合則去，絕無半點含糊；偽君子則沽名釣譽，善於包裝，獵物只要稍有不慎，必自投羅網，悔不當初。結果君子小人的界線變得模糊了。

然而，孔子沒有完全否定小人。君子是有志之士，當然以修德為務。至於小人嘛，正如《史記》說：「天下熙熙，皆為利來；天下攘攘，皆為利往。」小人是凡夫俗子，孜孜為利，身以利動，也是情理之常。管仲說：「衣食足而知榮辱。」小人獲得財利，自然會發財立品。

《論語．陽貨》有這樣一段記載：孔子到武城，看到弟子子游以禮樂教化人民。孔子微笑點頭說：「割雞焉用牛刀？」言下之意是：這麼小的地方，哪裏需要這樣禮樂教化的陣勢呢？子游回答說：「以前我聽老師說過：『君子學道則愛人，小人學道則易使也。』」孔子知道失言，正色說：「同學們，子游說得對！君子學習正道就能愛人，小人學習正道就容易役使。我剛才只是開開玩笑罷了。」孔子說得風趣，但在他老人家心中，小人也可以懂得教養和學有進境的。

其後孟子講義利之辨，說「從其大體為大人，從其小體為小人」(《孟子・告子上》)；強調君子依從道德心靈（大體）以行事，小人則為感官欲望（小體）所驅遣。前者重義，後者逐利，兩者出發點不同，於是形成了善惡分野。小人不講道義，只講利益，導致「上下交征利而國危矣」。再到諸葛亮《出師表》，說出「親小人，遠賢臣，此後漢所以傾頹也」的話，小人竟然禍國殃民，則「小人」一詞陷於萬劫不復的境地。總之，君子是道德的，小人是不道德的。

時至今日，我們都說：「寧得罪君子，莫得罪小人。」因為小人很壞，他們不擇手段、阿諛奉承、損人利己、挑撥離間、造謠生事、落井下石，我們稍一不慎，準會吃大虧，着了小人的道兒。小人無處不在，簡直是魔鬼的化身。所以，每逢驚蟄，都有不少人前往土地廟進行打小人活動，備了香燭肥豬肉以祭白虎，還請來「打手」用舊鞋或磚塊狠狠打小人。此事從前多老人家為之，近年亦多年輕人甚至外國人參與其中。

更有人主張，將這項別具特色的活動向聯合國教科文組織「申遺」。

其實，今天的發展，已完全失去了孔子「學為君子，教養小人」的本意。古人教我們樂為君子，不要自限於小人的層次，因為我們應當重視修養，要做一個有胸襟，有抱負，有原則，有氣象，有使命感的人。

君子和小人，你又作何選擇呢？

想一想

君子行事磊落，小人好施小計，故在競勝爭先方面，君子未必能勝過小人，那我們為甚麼仍然要做君子？

5.2 天下通德

5.2.1 太上有立德，其次有立功，其次有立言；雖久不廢，此之謂不朽。

《左傳・襄公二十四年》

5.2.2 子曰：「知者不惑，仁者不憂，勇者不懼。」

《論語・子罕》

5.2.3 知、仁、勇三者，天下之達德也。……好學近乎知，力行近乎仁，知恥近乎勇。

《中庸・二十章》

至高無上的是樹立德行，其次是建立功業，再次是創立學說；這三者經久而彌傳，所以叫做不朽。

這是著名的「三不朽」說法：立德、立功、立言，都可使人名揚後世，得以不朽。唐朝孔穎達《疏》解釋：立德指創制垂法，博施濟眾（修己愛民）；立功指拯厄除難，功濟於時（扶危濟世）；立言指言得其要，理足可傳（著書立教）。三者在古人眼中，以立德最為首要。因為每一個人都注重品德，對和睦家庭，穩定社會，都有很大好處。

孔子說：「智者不會疑惑；仁者不會憂慮；勇者不會畏懼。」

面對選擇和取捨，人多有疑惑，智者以仁義為依歸，何惑之有？做人處事，人多有憂慮，仁者居仁由義，已盡其在我，尚有何憂？面對挑戰，人多有畏懼，勇者不計較個人得失，甚至捨生取義，又有何足懼？

智仁勇是每一個人應該具備的德行。求知好問使人聰明睿智；躬行實踐使人寬裕親切；知恥不辱使人奮勇自強。

智仁勇就是教我們每個人都要做到：好學求知、用心待人、內省求進。

5.2.4 居天下之廣居，立天下之正位，行天下之大道；得志與民由之，不得志獨行其道：富貴不能淫，貧賤不能移，威武不能屈，此之謂大丈夫。

《孟子．滕文公下》

5.2.5 我有三寶，持而保之：一曰慈，二曰儉，三曰不敢為天下先。慈故能勇；儉故能廣；不敢為天下先，故能成器長。今舍慈且勇，舍儉且廣，舍後且先，死矣！夫慈，以戰則勝，以守則固。天將救之，以慈衛之。

《老子．六十七章》

居於世上最寬廣的住宅（仁），立於世上最正確的位置（禮），走在世上最廣闊的道路（義）。得志為官，造福百姓，教民以德；失意獨處，仍堅守原則。富貴不能擾動我的心靈，貧賤不能移奪我的操守，威武不能變易我的志節：這才是大丈夫的所為。

孟子要樹立的，是一種社會責任感和道德勇氣：有志於仁的君子，不會因富貴而耽於逸樂，不會因貧賤而畏於飢寒，不會因強權而俯首貼耳。

我手執三件法寶，好好保全它們：首先慈愛；其次儉嗇；第三不敢爭先。慈愛，所以能勇武；儉嗇，始能大方；不敢爭先，所以能成為萬物的首長。現在失去慈愛只講勇武；丟棄儉嗇只取大方；捨棄退讓只求爭先，結果是走向死亡。慈愛，用來征戰就能夠勝利，用來守衛就能夠鞏固。老天要幫助誰，不是用慈愛來保護他嗎？

老子發現了宇宙間最強大的力量：至柔弱的慈愛，產生最剛強的保護力量；最不足的儉嗇，成就最慷慨的給予；保守退讓，反而後來居上。保護子女、積穀防饑、保全自己都是人性使然，既順應自然之道，也能達到無為而無不為的效用。

談一談

人生命有限，但總愛追求永恆。可惜長壽永康，有誰可以達到？同學們，你也會追求永恆嗎？

古人有所謂「三不朽」的説法（5.2.1），通過立德、立功、立言，讓我們名傳不朽，讓我們的生命變得有意義和充滿價值，達到另一種方式的永恆。

三不朽，用歐陽修《送徐無黨南歸序》的説法，是「修之於身」「施之於事」「見之於言」。三者當中，言論文章，本之天分；施事立功，視乎際遇；只有修身立德，可由一己所掌握。你要孝親、你要尊師、你要愛友，只要肯去做，沒有做不來的。

當然，你還是會問：我現在努力去修德了，而世上德目紛繁，各家各派，各言其是，教人不知從何入手？又當中有哪些德行是最為根本和普遍認同的呢？有哪些道德原則是放諸四海而皆準的？可惜古代聖人不曾集體討論過這些問題。不過，他們談到道德修養，還是提供了一些主要原則的。

《中庸》首先提出孔子「知、仁、勇」三達德的説法（5.2.3）。司馬遷也說：「智，仁，勇，此三者天下之通德。」（《史記・平津侯主父列傳》）所謂「通德」，就是世人該共同遵循的道德準則。智慧是理性，仁愛是感性，勇氣是意志力，等如我們掌紋中的頭腦線、感情線和生命線，各有側重，又結合為一個整體。人有理智，但迷惑亦多；人有感情，而困擾亦甚；人有勇力，恐怕畏懼亦不少。那該如何調正，使行為不致出現偏差？答案很簡單，人要通過不斷求知去消除迷惑，通過真誠待人去釋除煩惱，通過知恥求進去應付挑戰，而貫串其間的正是仁愛。故孔子說：「仁者安仁，知（智）者利仁。」（《論語・里仁》）仁者以行仁為心安理得，沒有考慮任何利害關係；智者以行仁為利己利人，成己成人。換言之，孔子三達德的說法，仍然以仁愛為中心。另一方面，孔子將仁愛分從智、仁、勇三個角度加以論述，是教我們該如何運用理性、感性和意志力去追求完善的品格。故此，「知、仁、勇」可視為人人必須實現的通德。

到了孟子時代，他面對「上下交征利」的社會：王者說何以利吾國，大夫說何以利吾家，士庶人說何以利吾身（《孟子・梁惠王上》）。大家都是利字當頭，跟他們講仁愛已無濟於事，所以孟子在仁愛之外，另外強調「義」的重要。甚麼是「義」？「義者宜也」，義就是適宜、恰當、合理。一件事情合不合義？合不合理？那是決定於每個人內心的一把尺。不是說每個人天生都具備一顆仁愛心靈嗎？當遇到義和利的衝突，這顆心靈其實會作出抉擇，作出合理的判斷，這就是義。為甚麼許多人又會做出見利忘義的事？因為他們的心已被利益所蒙蔽。那十分可惜。所以孟子教我們要堅持，要變得堅強。只要心中存仁愛，身上能守禮，行為能合義，人就不再脆弱，心靈愈發堅強，變成了「鐵甲威龍」般的「大丈夫」(5.2.4)。因此，仁愛是不能失去的，禮儀是需要遵守的，義理是必須講論的。文天祥說：「孔曰成仁，孟曰取義，唯其義盡，所以仁至。」一個人能捨棄私利，堅守正義，就能成就仁德，所有人都會敬你重你。

至於道家，跟儒家有所不同。它崇尚自然，反對造作和虛偽。故老子認為慈比孝更為根本。事實上，父母愛子女之心純出於天性，就等於今天人們說的保護自己遺傳基因吧。跟孝道相比，慈愛的確很少涉及偽詐成分。父母對子女的付出和關懷，是近乎無償的；反而子女假裝孝順，以騙取父母財產的事情時有所聞。其次，老子重儉不重奢，因為大自然是奉行簡約的。故此，珍惜資源，積穀防饑，最能符合道的素樸特性。反而儒家講禮，弄出了許多繁文縟節。比如重厚葬吧，那會造成極大浪費。這些都是有為，與道的自然無為是相衝突的。再者，老子重後不重先，因為萬物都順道而行，順其自然；如果冒進爭先，講求有為，爭做第一，鋒芒畢露，只會陷入剛者易折的困局。所以做人千萬不要開風氣之先，也不要落後於形勢，做到不為物先，不為物後（即武俠小説常常講的「敵不動，我不動;敵欲動，我即動」），説穿了就是一個安時處順的「順」字。老子認為人倘能依着慈、儉、不敢為天下先的自然法則，進行修養，慈愛為懷，懂得節制，順應自然；做到不好勇鬥狠，不胡亂浪費，不冒進爭先，就能達到道家修養的最高境界。(5.2.5)

總之，儒家視成仁取義為天下通德，道家講的是慈愛、儉樸和順從。至於其後傳入中國的佛教，則有慈（慈愛）、悲（悲憫）、喜（喜悦）、捨（捨下）等四無量心。同學們，你較認同以上哪一項通德呢？

想一想

在「三不朽」立德、立功、立言三者中，你認為自己在哪方面的表現會較強？哪方面的表現會較弱？

5·3

明哲保身

5·3·1 **既明且哲，以保其身；夙夜匪解，以事一人。**

《詩經．大雅．烝民》

5·3·2 **是故居上不驕，為下不倍。國有道，其言足以興；國無道，其默足以容。詩曰：「既明且哲，以保其身。」其此之謂與？**

《中庸．二十七章》

5·3·3 **初九曰：「潛龍勿用」，何謂也？子曰：「龍，德而隱者也。不易乎世，不成乎名；遯世无悶，不見是而无悶。樂則行之，憂則違之；確乎其不可拔，潛龍也。」**

《周易．乾卦．文言》

語譯　仲山甫既明事理又機智，善於應付保自身；從早到晚不鬆懈，來效忠周王。

說明　周宣王選賢任能，仲山甫以一介平民，被任命為百官之首。他總攬王命，推行德政。「既明且哲」兩句，主要是稱頌仲山甫既有智慧又深明事理，不做不合於身份的事。

語譯　所以處於上位不能驕橫失禮，居於人下也不能背棄道義。政治清明，他的言論足以振興國家；政治混亂，他沉默自處以保全實力。《詩經》說：「既明事理又機智，善於應付保自身」，就是在說這個道理吧！

說明　在這裏，有道言興、無道默容，成為「明哲保身」的具體表現。古代學者，都希望能得志為官，但遇到無道的君主，也應該作出理性的選擇。

語譯　《周易．乾卦》初九爻辭說：「龍潛伏着，無所發揮」，那是甚麼意思？孔子說：「龍就像有德行的隱士。他不被世俗改變節操，也不急於成就功名；隱居避世而不煩悶，別人不認同也無所謂。別人樂於接受就幹，別人有疑慮就不幹；堅定而不可動搖，這就是潛龍。」

說明　君子像潛龍一樣，懂得在該退後一步時韜光養晦；但仍須藏器於身，待時而動。

5·3·4 古之人，得志，澤加於民；不得志，修身見於世。窮則獨善其身，達則兼善天下。

《孟子 · 盡心上》

5·3·5 支離疏者，頤隱於臍，肩高於頂，會撮指天，五管在上，兩髀為脅。挫鍼治繲[塊]，足以餬口；鼓筴[夾]播精，足以食十人。上征武士，則支離攘臂而游於其間；上有大役，則支離以有常疾不受功；上與病者粟，則受三鍾與十束薪。夫支離其形者，猶足以養其身，終其天年，又況支離其德者乎！

《莊子 · 人間世》

語譯　**古人得志，造福百姓；不得志，修身立德。失意先管好自己；得意就貢獻社會。**

說明　君子盡人事，聽天命；窮也好，達也好，都做好自己分內工作。這裏説的窮，不單指貧窮，還有失意困頓的意思。達，也不獨指發達，也有諸事順遂、得志為官的含義。古代的士，處於困頓，要潔身自愛；有機會施展抱負，就要為社會多盡一點力。

語譯　**支離疏這個人身體有缺陷，下巴縮到肚臍下，雙肩高過頭頂，髮髻朝天，五官向上，大腿鼓到胸前。他縫衣為生，足以度日；幫人打穀，可養活一家十口。國內徵兵，他走來走去也沒被選中；遇上大差役，他因為殘疾而獲豁免；國君賑濟殘疾，他分得穀柴。形體不全的人，尚足養活自己，終其天年，那些打破了世俗道德的人又該如何呢！**

說明　莊子用這篇寓言來闡明他的處世哲學。世人受盡道德虛名的擺佈，求功、求名、求利，紛紛擾擾，自招傷害。支離疏仗着支離其形、無所可用而能全身遠害。倘能打破世俗道德束縛，以達於逍遙無為，那就是道家的得道者了。

談一談

俗語說：「拳頭在近，官府在遠。」古諺也教人要懂得「明哲保身」。這種話語頗有點消極的況味。

明代梁辰魚的《浣紗記》，寫伍子胥報了殺父之仇後，說：「但大仇既報，吾願已畢；今欲飄然去國，明哲保身，省得落於奸臣之手。」為了生命安全（身），就得改變一下想法和原則（心）。於是有人問：為了保身，竟可違心，這又豈能跟道德沾上邊兒？

原來「明哲保身」這句話出自《詩經》(5.3.1)，本來就是褒義。那是讚美周宣王的大臣仲山甫。他襄助宣王，聯合其他貴族，推行改革。「既明且哲，以保其身」，是褒揚他做對該做的事，做合於身份的事。周宣王是中興名主，他的父親周厲王卻是聲名狼藉的暴君。《中庸》說：「國有道，其言足以興；國無道，其默足以容。」(5.3.2) 這幾句話講的也是仲山甫。國君無道，要如潛龍勿用；遇到賢君，就可為所當為。但必須「居上不驕，為下不倍」；飛黃騰達時，不可意氣風發；該退下來時，不可背棄道義，戀棧權位。這是進退有度，顯出古代知識分子的風骨。

孔子則主張「天下有道則見，無道則隱」(《論語·泰伯》)。所謂危邦不入，政治混亂時，便要隱居避世；政治清明時，就可積極參與政治。孔子讚賞弟子南容：「邦有道，不廢；邦無道，免於刑戮」(《論語·公冶長》)。孔子欣賞南容知所進退，懂得甚麼處境該做甚麼事情，於是把兄長女兒嫁給他。要知道天下倘失其序，冒進者只會動輒得咎，南容的退後一步，並不是貪生怕死，而是另待時機，讓自己所學，得以報效社會，不致白白浪費。孔子視這種保存實力，留為有用的做法是一種美德。正如《周易·繫辭下》也說：「君子藏器於身，待時而動。」君子積學富才，等待時機的來臨。在不利的情況下，要趁機充實自己，隱忍待發；在時機成熟之際，則要把握機會，積極進取。

到了孟子，他說：「窮則獨善其身，達則兼善天下」(5.3.4)，則是把「明哲保身」的觀念進一步完善。是否得志為官，得以施展抱負，並非一己所能控制；所以窮也好，達也好，都要盡其在我，做好本分。一次，孟子跟游說之士宋句踐談到游說的態度。孟子說：「人家賞識你，你要保持自得無欲，人家不賞識你，你也要保持自得無欲。」宋句踐說：「怎樣才可以自得無欲呢？」孟子說：「尊重仁德，樂於道義，就可以自得無欲了。所以士人困窮時不失掉義，顯達時不會離開道。窮困時不失掉義，所以自得其樂；得志時不離正道，所以人民不致失望。古代賢人，得志時，把恩惠施於人民；不得志時，修養自身，為世榜樣。」(5·3·4) 這是一種內重（仁義）而外輕（名位）的態度。孟子明確指出，當潛龍勿用之際，要好好學習，鞏固實力，以等待時機到來；切忌不甘寂寞，為求得到重用而曲意逢迎，放棄做人的原則。如果環境許可，得行其道，不要只顧着自己，而是先把其他人照顧好，要關心百姓，讓他們也懂得道義，千萬不要忘記初心，以義始而以利終。你認為孟子這套窮達的理論算不算消極呢？當然，有人認為，孔、孟這種既要淑世（濟世）又要避世的態度有點自相矛盾。或者那是在混亂無序和志不得伸的社會現實中，不得不採取的一種心理調適。在這一點上，儒家和道家是一致的。

至於道家，老子主張「知足不爭」「以柔克剛」「不為天下先」。《説苑・敬慎》一個「齒亡舌存」的故事，最能説明這套以退為進的哲學。老子的老師常樅生病，老子去探望他。常樅張開嘴給老子看了看，問道：「我的舌頭還在嗎？」老子説：「還在。」常樅又問：「我的牙齒還在嗎？」老子説：「不在了。」常樅又問老子：「你知道原因是甚麼嗎？」老子回答説：「那舌頭所以存在，難道不是因為它柔軟嗎？牙齒所以不存在，難道不是因為它剛硬嗎？」常樅說：「對啊！你能體會這個道理，我也沒有其他東西教你了。」剛者易折，柔則長存，是道家深信不疑的永恆道理。

故此，有人認為道家哲學教人處柔保身，是利己主義。正如《莊子》刻畫的支離疏（5.3.5），恃着身體殘缺，可以躲避差役、領取賑濟物資，在亂世中得享天年，於是落得滑頭主義的批評。其實莊子徹頭徹尾反對戰爭、反對名教、反對禮法、反對仁義，因為這些都是虛偽的，都是誤己害人的根源，都要避之則吉。好好一個人，要「支離其形」才可遠禍，這是對世俗政治黑暗的反諷，也是莊子的黑色幽默。這個故事是要傳達出一個信息：把世俗的道德枷鎖扔掉吧，那累人不淺！反之，保全天性，順應自然，才符合道家的道德要求。

想一想

孟子說：「窮則獨善其身，達則兼善天下。」那是不是說：在窮的處境下，士就不用履行社會責任？

5·4 生於憂患

5·4·1 **作《易》者，其有憂患乎？**

《周易．繫辭下》

5·4·2 **子曰：「君子謀道不謀食。耕也，餒在其中矣；學也，祿在其中矣。君子憂道不憂貧。」**

《論語．衛靈公》

5·4·3 **人恆過，然後能改；困於心，衡於慮，而後作；徵於色，發於聲，而後喻。入則無法家拂士，出則無敵國外患者，國恆亡。然後知生於憂患，而死於安樂也。**

《孟子．告子下》

語譯　那個寫《周易》的人，大概是心存憂患吧？

說明　「人無遠慮，必有近憂。」一個人如果目光短淺，只管眼前的利益，那麼他一定會招致麻煩。故《周易》雖是一部占卜之書，但解釋的道理，卻涉及日常生活各方面。它從簡易、變易和不易的角度出發，觀察社會人生，扼要地掌握紛繁世事（簡易），探討萬物變遷之道（變易），從此了解永恆的自然正理（不易）。當中的主要目的，就是「以防憂患之事」。

語譯　孔子說：「君子只管求道，不必費心求衣求食。種田吧，難保不餓肚子；學道呢，卻可得到俸祿。所以，君子只擔心學問不夠，不擔心貧窮沒飯吃。」

說明　君子憂慮的是「德之不修，學之不講，聞義不能徙，不善不能改」（《論語．述而》）。

語譯　一個人總是犯了錯，然後才知道改正；心裏有困惑，思慮受到阻塞，才知道奮起作出改變；因別人怒形於色，宣之於口，然後才懂得反省。一個國家，內無謹守法度、敢言輔弼的臣子，外無構成威脅的敵國，這樣的國家就會衰亡。憂患和危機感讓力量壯大，安逸和停滯加速了敗亡。

說明　中國文化有一種憂患意識，就是憂慮一己德之未修，憂慮別人苦之未除。故「生於憂患，死於安樂」的憂患意識成為了推動中華文化不斷向前發展的動力來源。

5·4·4 孟子曰：「君子所以異於人者，以其存心也。君子以仁存心，以禮存心；仁者愛人，有禮者敬人。愛人者，人恆愛之；敬人者，人恆敬之。有人於此，其待我以橫逆，則君子必自反也：『我必不仁也，必無禮也；此物奚宜至哉？』其自反而仁矣，自反而有禮矣，其橫逆由是也，君子必自反也：『我必不忠。』自反而忠矣，其橫逆由是也，君子曰：『此亦妄人也已矣！如此，則與禽獸奚擇哉？於禽獸又何難焉？』是故君子有終身之憂，無一朝之患也。」

《孟子．離婁下》

語譯　孟子說：「君子跟一般人的分別，在於居心不同。君子居心於仁，存心於禮；所以能愛護人，敬重人。你愛護人，人也愛護你；你敬重人，人也敬重你。假如這裏有個人，竟對我蠻橫無理，那麼君子必定反躬自問：『必是我不仁吧？必是我無禮吧？否則，這種態度怎麼會發生在我身上呢！』經過反省後，自知既非不仁，也非失禮；而對方依然蠻橫不講理，君子必定又再反省：『必是我態度不忠誠吧？』經過反省後，自知竭誠待人，卻仍遭蠻橫對待，君子這才感慨着說：『這不過是個瘋子罷了！他跟禽獸有甚麼分別呢？又何必跟禽獸計較甚麼呢？』所以君子有一生的憂慮，沒有一時的禍患。」

說明　君子一生所憂愁的是甚麼呢？孟子說：「舜，是一個人；我也是一個人。可舜成為了流芳百世的偉人，而我還是個鄉下小子，這怎能不憂愁了？」君子遇事，總是反求諸己，反省自己的不足，以求不斷進步。故這種憂慮，不是為患得患失而憂慮，而是不斷反省個人行為行事以求圓滿之憂慮。

談一談

有誰不希望無憂無慮，每天都過着快樂的日子？但可以嗎？面對無常的世事，居安思危是必不可少的。

中國人很早就懂得危機感的重要。據説商朝人敬事鬼神，最終仍不免於亡國。周朝人雖然取而代之，卻不禁有「天命靡常」的戒懼。來自天神的天命是無常的，必須憑自己的德行去配合（「惟德是輔」）才可靠。召公在《尚書・召誥》中就告誡成王，應當以敬德為先（「肆惟王其疾敬德」），使天命長久。周王即使得到天命，仍須懷着敬德之心，兢兢業業，如臨深淵，如履薄冰，做好照顧百姓的本分，否則就失去天命的眷顧。這就是「多難興邦，殷憂啟聖」的道理。換言之，當你面對憂患，會激起奮發圖強之心；有深切的憂慮，就會開啟聖明之志。

徐復觀從古代這種居安思危的「敬德」觀念，發現了「憂患意識」，認為這是中國「人文精神」的起點，是中國文化的根本精神。因為周人明白到一個人自身的努力，比天神的祝福更加重要。這是一種以人為本的人本精神。

這種「憂患意識」不僅僅在於統治者身上，

同時也體現在中國人的內心裏。《左傳》有「禍福無門，唯人所召」「臨禍忘憂，憂必及之」的說法。災禍與幸福沒有定數，都是人們自己招來的；當你面臨危機時還不懂得擔心，憂患就必然降臨。孔子說：「人無遠慮，必有近憂」（《論語．衛靈公》），也是告誡人們要及早警惕，防患於未然。

那我們有甚麼好憂的？憂的當然不是名位權勢的有與無，利益財富的多與少，而是指進德修業。孔子說：「德之不修，學之不講，聞義不能徙，不善不能改，是吾憂也。」（《論語．述而》）品德未能好好修養，學問不能加以講習，聽到正理不能遷從，有不好的行為未能馬上改正，這就是聖人的憂慮。孔子講「君子憂道不憂貧」(5.4.2)、孟子講「君子有終身之憂」(5.4.4)，說的都是品德修養。

根據《論語．顏淵》記載，一次，司馬牛問孔子甚麼是君子。孔子說：「君子不憂不懼。」司馬牛感到疑惑。孔子說：「問心無愧，何來憂懼？」(3.3.2)君子既以進德修業為憂，有所謂終身之憂，另一方面又說君子不憂不懼，這不是自相矛盾嗎？那當然不是。我們對於個人修養，仍然是兢兢業業，誠惶誠恐的。但只要通過內省，反問自己答應人家的事是否都完成了？所作所為是否都對得起人家？反躬自問，責任都已完成，誰都對得起，那又有甚麼好憂愁，有甚麼好恐懼呢？

談一談

很多同學都聽過范仲淹的《岳陽樓記》，文中描繪了洞庭湖一陰一晴兩個畫面，以引出遷客騷人登樓時一悲一喜的情懷。作者勉勵大家，因為風景不同而觸發的悲與喜，因為個人遭遇而激起的樂與憂，都是沒有意義的。范仲淹隨即提出一套「先憂後樂」的憂樂觀。所謂：「居廟堂之高，則憂其民，處江湖之遠，則憂其君。是進亦憂，退亦憂。」在朝廷做官也好，在田園隱居也好，仁者無論何時何地，都做到憂國憂民。然則仁者何時才能放下憂愁，得到快樂？文章最後概括出「先天下之憂而憂，後天下之樂而樂」的至理名言。這裏講的仁者，其實就是士。士的憂樂完全與生民的憂樂扣連在一起。士身上肩負着這樣重大的責任，又與老百姓的憂苦通為一氣，苦樂與共，他必然是憂心忡忡的。

也正因為士不以個人得失為憂，而以愛國為民為憂，所以古代的知識分子雖廁身下僚，仍可不畏強權、不慕富貴，具有維護正義、傲視公卿的自由意志。《郭店楚墓竹簡》有《魯穆公問子思》一段文字。魯穆公洋洋得意地問子思：「怎麼樣的臣子叫做忠臣呢？」子思說：「總是指出君主犯錯的人。」魯穆公馬上變了臉色，子思作個揖就退下了。其後魯穆公問成孫戈的看法，成孫戈説：「他説得太好了！為了君主連命也不要的人我見過；老盯着君主犯錯不放的人卻從未見過。為君主拚命的人，無非為了爵祿；總是指出君主犯錯的人，是遠離爵祿啊。為了正義而遠離爵祿，不是子思，有誰肯幹！」從這個故事，可以看到士時刻以勸君愛民為念，具有「從道不從君」的獨立人格。

總之，士有着終身的憂慮。他不是為一己的窮達禍福而憂慮，而是為致君堯舜（輔佐君主）而憂慮，為生民禍福而憂慮。孟子説的「生於憂患，死於安樂」(5.4.3)，歐陽修説的「憂勞可以興國，逸豫可以亡身」（《新五代史·伶官傳序》），是士的最好寫照。

想一想

有人說：憂患出忠臣。為甚麼憂患意識跟忠臣有着密切的關係？

5·5 樂以天下

5·5·1 知周乎萬物，而道濟天下，故不過；旁行而不流，樂天知命，故不憂。

《周易 · 繫辭上》

5·5·2 子曰：「賢哉！回也。一簞[丹]食，一瓢[嫖]飲，在陋巷。人不堪其憂，回也不改其樂。賢哉！回也。」

《論語 · 雍也》

5·5·3 孔子曰：「益者三樂，損者三樂：樂節禮樂，樂道人之善，樂多賢友，益矣；樂驕樂，樂佚[逸]遊，樂宴樂，損矣。」

《論語 · 季氏》

語譯 **《周易》的智慧足以貫通萬物之理，指導世人生活，而不會出現偏差；又能順應自然而沒有流弊，讓人樂享天命，安守本分，而不須事事憂慮。**

說明 樂天知命本來指順應宇宙變化，樂從天道的安排，安守命運的分限，以開物成務（開展萬物之理，達成適時之務），讓萬物自得其樂，有其積極的意義。今人單就安於現狀，不作他求這個方面加以發揮，則又流於片面和消極了。

語譯 **孔子說：「顏回真有賢德啊！只吃一小碗飯，喝半勺子清水，住在簡陋的小屋裏，別人難忍其苦，回卻自得其樂。顏回真有賢德啊！」**

說明 顏回很窮，飯也吃不飽。孔子卻十分欣賞他，視他為繼承者。顏回的物質生活雖然貧乏，但精神境界卻無比充實。他用樂觀的態度去面對人生逆境，過着樂天知命的生活。

語譯 **孔子說：「對人有益的快樂有三種，有害的快樂有三種：樂於以禮樂來調節生活，樂於稱道別人好處，樂於多交賢友，都是有益的；樂於奢侈驕縱，樂於放縱遊蕩，樂於飲酒宴會，都是有害的。」**

說明 現代人喜歡消費、旅遊、大吃大喝，樂此不疲，孔子卻不以此為樂。他以交友為樂，以欣賞別人長處為樂，以學道為樂。

樂以天下

5·5·4 樂民之樂者，民亦樂其樂；憂民之憂者，民亦憂其憂。樂以天下，憂以天下，然而不王者，未之有也。

《孟子 · 梁惠王下》

5·5·5 孟子見梁惠王。王立於沼上，顧鴻雁麋[眉]鹿，曰：「賢者亦樂此乎？」孟子對曰：「賢者而後樂此，不賢者雖有此，不樂也。……古之人與民偕樂，故能樂也。《湯誓》曰：『時日害喪？予及女偕亡！』民欲與之偕亡，雖有台池鳥獸，豈能獨樂哉？」

《孟子 · 梁惠王上》

語譯　國君以百姓的快樂為快樂，百姓也會以國君的快樂為快樂；國君以百姓的憂愁為憂愁，百姓也會以國君的憂愁為憂愁。快樂與天下人一道，憂愁與天下人一道，這樣還不能夠使天下歸服，是沒有過的。

說明　「樂以天下，憂以天下」說的就是國君能關心百姓，休（歡樂）戚（憂傷）與共。

語譯　孟子見梁惠王。梁惠王站在池塘邊，一邊欣賞鴻雁麋鹿，一邊說：「賢者也懂得享受這種快樂嗎？」孟子回答：「賢者才有真正的快樂，不賢的人就算擁有一切，也快樂不起來。……古代的君主與民同樂，所以能真正快樂。《湯誓》說：『天上的太陽（指君主）啊，你甚麼時候毀滅呢？我寧願與你一起毀滅！』老百姓恨不得與你同歸於盡，即使你有亭台樓閣、珍禽異獸，又哪有心情獨自享受快樂呢？」

說明　與民同樂既是君主應盡的責任和義務，也是作為領袖的最大滿足。

談一談

中國人是一個快樂的民族。試細讀一下《詩經・豳風・七月》。詩中概寫農民全年的生活實況：春耕夏植、秋收冬藏、染績縫衣、釀酒打獵、修建勞役等。農民辛勤地工作，被貴族勞役，生活是樸素艱苦的。年終一起飲宴慶祝，「躋彼公堂，稱彼兕觥，萬壽無疆」（跑上廟前同慶祝，高舉酒杯飲為敬，彼此山呼壽無疆），卻是無比的快樂。他們安於生活現狀，任勞任怨。他們獲得的快樂，並非建立在物質之上，而是農村家庭共享收成，共話桑麻的樂也融融。今天，我們不再生活在小農社會了，但這種容易滿足，樂享天倫的性格仍然保留着。李澤厚在《中國古代思想史論》把中國人這種充滿內心喜樂的生活，稱之為「樂感文化」，成為中國文化的一種深層結構。

原來這種樂觀積極的精神狀態起源很早。《周易》已經講「樂天知命」，讓我們的生活樂守本分；又講「否極泰來」，相信逆境總有一天會過去。這是多麼的充滿着感恩和豁達。孔子說：「有朋自遠方來，不亦樂乎」，快樂來自朋友間的共處；他講「學而時習之，不亦説（悦）乎」，那是從學習當中得到的樂；又讚美顏回安貧樂道，樂以忘憂，那是從道德實踐中獲得了樂趣。孟子講「反身而誠，樂莫大焉」，那是自我反省時無咎無悔的滿足。這種樂感精神有別於西方的罪感文化和日本的恥感文化，形成了中國人重視現實、自強不息、樂觀積極的人生態度。

到了今天，這種樂觀積極的態度，仍然植根於中國人的內心，而且根深葉茂。據説有「鐵娘子」之稱的前國務院副總理吳儀，1992 年出訪俄羅斯，在阿穆爾灣一個陽台上，接受《俄羅斯早報》記者訪問。記者最後提出了一個荒島難題：「如果你一個人流落在荒島上，首先會做甚麼？」吳儀看一看海邊豔麗的晚霞，隨口説：「墾荒！……對，為自己創造生存條件。」中國人就是這樣，無論處於怎樣惡劣的處境，都能樂觀面對，積極面對。

當然，這個樂，更重要的是，還包括了與民同樂。一次，齊宣王在別墅雪宮裏接見孟子。宣王得意洋洋説：「賢者也有這種快樂嗎？」孟子回答：「有的。人們如果得不到這種快樂，就會埋怨他們的國君了。得不到就埋怨，固然不對；可作為一國之君卻不與民同樂，也是不對的。國君以百姓的快樂為快樂，百姓也會以國君的快樂為快樂；國君以百姓的憂愁為憂愁，百姓也會以國君的憂愁為憂愁。快樂與天下人一道，憂愁與天下人一道，這樣還不能夠使天下歸服，是沒有過的。」(5.5.4) 齊宣王所以沾沾自喜，因為他擁有重門疊戶的別墅，得到最棒的享受。但孟子曲線告誡他要懂得與民同樂，否則百姓受盡寒冷飢餓之苦，就會埋怨你，不再擁護你，最後你也沒有甚麼好下場。

歐陽修謫官滁州時寫過一篇《醉翁亭記》。文章描寫了滁州瑯琊一帶朝暮四時的自然美景，以及滁州百姓寧靜安閒的生活，全文貫穿了一個「樂」字，包括山水之樂、宴酣之樂、禽鳥之樂、人之樂，還有作者的與民同樂等，最後更歸結到「禽鳥知山林之樂，而不知人之樂；人知從太守遊而樂，而不知太守之樂其樂也」。太守歐陽修之所以樂其樂，除了因為他能與民同樂外，更能在山水、禽鳥、眾人的快樂和諧氣氛當中，得到了最大的滿足。忘己所憂，樂人所樂，這是多麼廣闊的胸襟。

也許有人會懷疑樂感文化太過着重生活現實（如《老子》講「安其居，樂其業」），也集中在親友間的小圈子（如孔子講「樂多賢友」），而且有時又太過理想化了（如孟子要求國君「與眾同樂」）。但不要忘記，這只是一個起點，做甚麼事情總有個先後次序，再逐步提升。搞不好目前的情況，照顧不好最親近的人，又如何能全心全意去齊家、治國、平天下？如何能做到「與民偕樂」，做到「樂以天下，憂以天下」？天下常有可憂之事，個人亦常有可樂之事。凡天下憂患之事要勇於擔當，故君子的憂樂與天下民眾的憂樂，是彼此相連的。范仲淹寫《岳陽樓記》，有「先天下之憂而憂，後天下之樂而樂」的豪語，指出在禍患出現前，已為生民盡其憂；在百姓得樂後，自己才會快樂。將憂和樂賦予了深刻的道德意蘊，而先憂後樂亦成為中國知識分子的優良傳統。

想一想

孟子要求一國之君做到「樂以天下，憂以天下」，你認為這是一個起碼的要求，抑或是過分的要求？又在你認識的社會名人當中，有沒有人能做到這一點？

延伸思考

孔子說：「君子喻於義，小人喻於利。」君子講道理，不計較個人利益，那是合乎道德的；小人不講道理，只計較個人利益，那是不道德的。《孔子家語．致思》記載了一個有關漁夫的故事（受魚致祭）。漁夫身份雖是小人，卻明白道理，孔子更稱讚他是仁者一類的人。

原文 孔子之楚，而有漁者獻魚焉。孔子不受。漁者曰：「天暑市遠，無所鬻也，思慮棄之糞壤，不如獻之君子，故敢以進焉。」於是夫子再拜受之，使弟子掃地，將以享祭。門人曰：「彼將棄之，而夫子以祭之，何也？」孔子曰：「吾聞諸惜其務餘而欲以務施者，仁人之偶也。惡有仁人之饋而無祭者乎？」

譯文 孔子到楚國去，有一漁夫給他獻上一些魚。孔子推辭不要。漁夫說：「天氣又熱，市場又遠，這些魚賣不出去了。我想到把牠們扔在糞土上，不如獻給君子，所以敢於進獻給您。」於是孔子拜了再拜，接受了這些魚。又叫弟子把地打掃乾淨，準備祭祀。弟子說：「漁夫本來要扔掉這些魚，而老師卻拿來祭祀，這是為甚麼呢？」孔子說：「我聽說，怕食物變質而將它送給別人的人，是仁者一類的人。哪有接受了仁者的饋贈而不祭祀的呢？」

《呂氏春秋．察微》也記載了子貢贖人後不取其金和子路拯溺者後坦然受牛的故事。前者只講義，不講利；後者既講義，也講利。

原文 魯國之法，魯人為人臣妾於諸侯，有能贖之者，取其金於府。子貢贖魯人於諸侯，來而讓不取其金。孔子曰：「賜失之矣。自今以往，魯人不贖人矣。取其金則無損於行，不取其金則不復贖人矣。」子路拯溺者，其人拜之以牛，子路受之。孔子曰：「魯人必拯溺者矣。」

譯文　魯國有一條法律，魯國人在國外淪為奴隸，倘若有人能把他們贖出來的，可以到國庫中報銷贖金。有一次，子貢在國外贖回了一個魯國人，回國後拒絕接受國家的補償金。孔子說：「賜（子貢）做錯了！從今以後，就再沒有魯國人願意為在外遇難的同胞贖身了。即使你接收了補償金，並不會損害你的義行；而你不肯拿回付出的錢，別人就不肯再贖人了。」子路一次救起了一名落水者。那人道謝，送了子路一頭牛，子路收下了。孔子說：「這下子魯國人一定勇於落水救人了。」

第一問

漁夫把賣不去的魚送給孔子，孔子為甚麼稱讚他是仁者一類的人？子貢贖人竟不取其金，孔子為甚麼反而批評子貢？子路救人而受牛，為甚麼孔子卻稱讚子路？

第二問

如果用孔子「知」「仁」「勇」三達德的法則，來衡量子貢和子路的上述行為，他們有何相同之處？又有哪些相異之處？

漁夫把賣不去的魚送給孔子，孔子為甚麼稱讚他是仁者一類的人？子貢贖人竟不取其金，孔子為甚麼反而批評子貢？子路救人而受牛，為甚麼孔子卻稱讚子路？

漁夫把賣不去的魚送給孔子，孔子為甚麼稱讚他是仁者一類的人？

漁夫把賣不去的魚送給孔子，在孔子弟子眼中，那是因為漁夫無利可圖了，樂得做一個順水人情，所以這不算甚麼。漁夫捕魚取利，天暑市遠，魚賣不出去，為免造成浪費，就把不新鮮的魚送給君子，也是送給有需要的人。這是愛惜資源，敬業助人的表現，故孔子稱讚漁夫是仁者一類的人。反觀今天年宵花市結束時，商販刻意把賣不去的花卉砸爛，不讓市民撿拾，以免影響來年生意，這些行徑正好顯示出他們不是懂得種花和惜花的人，也不符合道家的儉樸態度。孔子當初不受魚，是因為無功不受祿；後來接受，是因為了解漁夫物歸其主的心意。孔子叫弟子拿這些魚來祭神，那是表示對漁夫德行的敬重。

子貢贖人竟不取其金，孔子為甚麼反而批評子貢？

按一般人的想法，子貢拿錢贖人卻不取回本金，又出錢，又出力，等於無私奉獻。這種高尚的行為理應受到表揚，但孔子卻有不同看法。原來古人把道德行為看作是義（道義、理性）和利（私欲、利益）之間的衝突問題。重義而輕利是符合道德要求的，重利而輕義是不道德的；但總不能要求所有人只講義、不講利。故義和利兩者之間應該如何調節，使義利各得其所，是一個重要的課題（反正「正其誼（義）不謀其利」的道德水平，是極少人能夠達到的）。

子貢贖人是一件好事，這種德行是值得嘉許的。子貢富有，於是不拿回本金，這種奉獻精神十分難得，那孔子為甚麼反而要批評他？孔子指出從今以後再沒有魯國人願意為遇難的同胞贖身了。那是因為子貢未能洞察人情，忽略了他的「義行」所產生的可能影響。其實即使子貢收回本金，也不會損害其義行；而他不肯收回，別人就不肯再贖人了。子貢的錯誤在於把本來很多人可以達到的道德水平，拉到大多數人也難以企及的高度。這樣對推動道德行為毫無幫助，反而使很多人對贖人望而卻步。

子路救人受牛，為甚麼孔子卻稱讚子路？

子路救人，後來卻收了酬勞，這似乎有點「以義始而以利終」的況味。而在孔子眼中，但凡行善，不單只看行為本身，還須看它的影響和流弊。從實際的角度看，子路救人受牛，既無損於己，又有利於人，這對提倡行善助人其實有一定的好處。因為道德這回事應該將它的水平定在多數人都能夠做到的範圍之內。如果那個水平大多數人都無法做到，那就沒有甚麼實際意義。比如說，老師必定要清廉如水。但學生畢業了，為了表達心意，送上一張感謝卡或設一個謝師宴，這對提倡尊師重道的精神也很有好處。那又何必一介不取，竟至於拒人於千里之外呢？

如果用孔子「知」「仁」「勇」三達德的法則，來衡量子貢和子路的上述行為，他們有何相同之處？又有哪些相異之處？

孔子說：「好學近乎知，力行近乎仁，知恥近乎勇。」(5.2.3) 又說：「知者不惑，仁者不憂，勇者不懼。」(5.2.2) 這是孔子對智仁勇三達德的解說，前後好像頗有不同，但其實是相一致的。就着子貢贖人和子路拯溺兩事，正好讓我們思考此智仁勇三達德的含義。

甚麼是仁？仁是由推己及人，以達於愛人和樂助他人；這不僅僅是一種想法，而且必須付諸行動，把愛人助人之心貫徹到底。子貢贖人和子路拯溺，兩人都稱得上是樂於助人的仁者，也是仁的「力行」者。他們見到別人受難，馬上伸出援手，加以幫忙，完全沒有憂慮和計較個人利害得失；把事情做好後，內心一片坦然，毫無牽掛憂慮。這就是「仁者不憂」。

甚麼是智？智是明辨利害和判別是非。一個人即使有愛人助人之心，也有判別是非的能力，仍要通過好學求知，充實自己，累積經驗，才能從容處事，得心應手，不致遇事困惑，不知所措。故此，智慧不是那些賣弄機巧和手段的小聰明，那只會弄巧反拙。智慧必須通過不斷學習和累積經驗，以做到人情練達。在用智方面，子路雖救人而取其牛，但其行為卻產生了宣揚行善的正面作用，故他的智慧受到孔子讚許。至於子貢，他未能明辨利害，沒有考慮贖人而不取其金的影響，結果受到孔子批評。由此可見，子貢歷練不足，遇事時不無困惑，未能達到智的最高要求。

甚麼是勇？勇不是匹夫血氣之勇，而是一個人懂得羞恥，所以有些事情他一定不會做，有些事情他無論如何一定要做。這是源自道德判斷而發動的巨大能量，讓人為所應為，為人所不能為。尤其當面對世俗人的批評，仍然敢於守着原則，堅持到底。子貢贖人和子路拯溺都是出於這種義無反顧的道德勇氣。他們路見不平，勇於助人，都應該給予讚賞。子路不是有錢人，助人後接受道謝，並坦然接受禮物，在當日的社會情境並無不妥。子貢富有，助人後卻拒絕接受國家的補償金，那是擔心別人批評他吝嗇小氣。其實，做好事應該無所顧忌，不畏無理的批評。可見子貢在「勇者不懼」方面，仍有不足。

1

給中學生的經典新談

涵養之德

編著 朱崇學

責任編輯：鍾昕恩
裝幀設計：立青、青色人
排　　版：賴艷萍
印　　務：劉漢舉

出版／中華教育
香港北角英皇道 499 號北角工業大廈 1 樓 B
電話：(852) 2137 2338　傳真：(852) 2713 8202
電子郵件： info@chunghwabook.com.hk
網址： http://www.chunghwabook.com.hk

發行／香港聯合書刊物流有限公司
香港新界大埔汀麗路 36 號 中華商務印刷大廈 3 字樓
電話：(852) 2150 2100　傳真：(852) 2407 3062
電子郵件： info@suplogistics.com.hk

印刷／美雅印刷製本有限公司
香港觀塘榮業街 6 號海濱工業大廈 4 字樓 A 室

版次／ 2019 年 7 月第 1 版第 1 次印刷

規格／ 32 開 (200mm x 140mm)

ISBN ／ 978-988-8573-42-4